KB123932

로크미디어가
유혹하는
재미있는 세상

# Taming Master

# 테이밍마스터

# 테이밍 마스터 12

2017년 2월 6일 초판 1쇄 인쇄
2017년 2월 9일 초판 1쇄 발행

**지은이** 박태석
**발행인** 이종주

**기획 팀** 이기헌 송윤성 왕소현
**책임 편집** 최이슬

**발행처** (주)로크미디어
**출판등록** 2003년 3월 24일
**주소** 서울시 마포구 성암로 330 DMC첨단산업센터 3층 314호
Tel (02)3273-5135  Fax (02)3273-5134
**홈페이지** rokmedia.com  E-mail rokmedia@empas.com

값 8,000원

ISBN 979-11-6048-765-7 (12권)
ISBN 979-11-5960-986-2 04810 (세트)

# 12

# Taming Master

|박태석 게임 판타지 장편소설 |

# 테이밍마스터

ROK
MEDIA

로크미디어

# CONTENTS

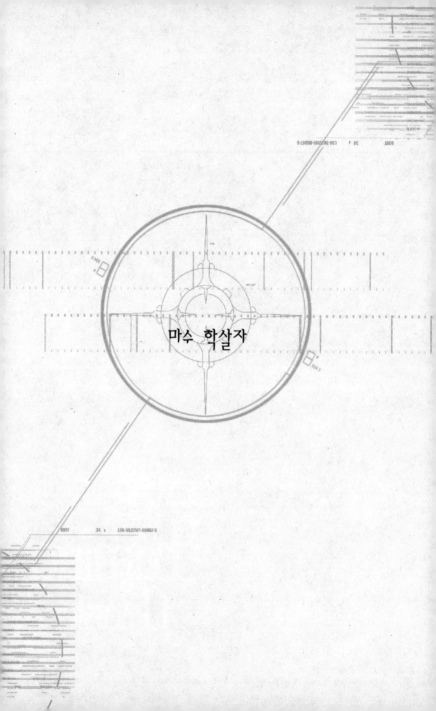

마수 학살자

Taming
Master

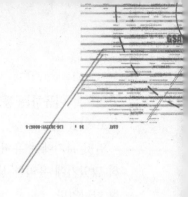

"으악, 막아! 막으라고! 조금만 더 밀리면 슈랑카 평원이 뚫린다!"

"제길, 오늘도 슈랑카는 내어 주는 편이 낫겠어요. 리벨리아 고원에서 막는 게 아무래도 더 효율적인 것 같아요!"

콰아앙-!

"아뇨, 아직 안 돼요. 지금 포기해 버리면, 어제보다 무려 2시간이나 빠른 시점에 슈랑카 평원을 내어 주는 거예요! 그럼 오늘은 리벨리아 고원도 장담 못 해요!"

"으으......!"

슈랑카 평원의 남쪽 끝자락.

유저들은 밀려드는 마수들을 상대로, 어떻게든 리벨리아

고원으로 이동하는 통로인 협곡을 지켜 내기 위해 안간힘을 쓰고 있었다.

얼핏 보기에는 유저들의 숫자가 마수들의 숫자보다 월등히 많았기에 유리한 상황처럼 보일 수 있었지만, 실상은 전혀 아니었다.

유저들은 이제 갓 100레벨이 넘은 초보들이 거의 50퍼센트를 차지하는 수준이었고, 실질적인 전력이 될 수 있는 150레벨 이상의 유저는 20퍼센트도 채 되지 않았기 때문이었다.

반면에 밀려드는 하급 마수들의 레벨은 못해도 180 이상이다.

간혹 끼어 있는 중급 마수가 날뛰기 시작하면, 답도 없이 무너져 내려야 했다.

"모두 비켜요!"

울퉁불퉁한 협곡 중턱의 살짝 튀어나온 바윗덩이에 올라선 한 여성 마법사가 날카로운 목소리로 소리쳤다.

그녀는 마법사 클래스 랭킹 10위 안에 드는 유명한 화염계 마법사인 '서희'였다.

그리고 그녀의 말 한마디에, 그 앞쪽에서 전투 중이던 유저들이 마치 썰물 밀려 나가듯 길을 열어 주었다.

"화염 폭풍!"

그와 동시에 캐스팅이 완성된 최상급 광역 화염 마법인 '화염 폭풍'.

화염 폭풍이 협곡을 향해 밀려드는 하급 마수들을 향해 뿜어져 나갔고, 그것은 제법 강력한 효과를 발휘했다.

쾅- 콰아아아앙-!

순식간에 십수 마리의 하급 마수들이 나가떨어졌다.

중간에 끼어 있던 중급 마수의 생명력이 제법 남아 있었지만, 주변에 포진해 있던 전사 유저와 암살자 유저들이 곧바로 달려들어 제거해 버렸다.

쿠에에엑-!

그 광경을 본 서희는, 만족스러운 웃음을 지으며 이마에 흐르는 땀을 닦아 내었다.

-하급 마수를 처치하셨습니다.(피해 기여도 76퍼센트)

-토벌 포인트를 157만큼 획득하셨습니다.

-하급 마수를 처치하셨습니다.(피해 기여도 26퍼센트)

-토벌 포인트를 55만큼 획득하셨습니다.

'좋아, 이번에 타이밍 괜찮았어!'

서희는 주르륵 떠오르는 시스템 메시지들을 확인하고는 빠르게 전장을 스캔했다.

'여기서 최소한 서너 시간은 더 버텨 줘야 해!'

슈랑카 평원을 지켜 내기 위해서는, 위험해 보이는 전장을 재빨리 찾아 화력 지원을 해 주어야 했다.

현재 이 전장 안에, 190레벨 초반대의 화염 법사인 그녀보다 더 화력이 강한 유저는 없었기 때문이었다.

"후우!"

서희는 크게 심호흡을 하고는 빠르게 몸을 날렸다.

밀려드는 마수들을 막아 내려면 한시도 쉴 수가 없었다.

"서희 님, 이쪽……!"

"예, 갈게요!"

전장 좌측에서 자신을 부르는 목소리를 들은 서희는, 곧바로 마법을 캐스팅했다.

"링크!"

짧은 거리를 빠르게 순간 이동 할 수 있는 보조 계열 마법인 '링크'.

링크 마법의 스킬 등급 자체는 낮은 편이었지만, 무척이나 희귀해서 얻기 힘든 스킬 중의 하나였다.

링크 스킬 북이 드롭되는 곳이 거의 없기 때문이었다.

위이잉-!

링크를 이용해 짧은 거리를 순간 이동한 서희는 곧바로 주변을 살피며 전장을 파악했다.

그런데 그때 그녀의 시야에 뭔가 거대한 생명체가 들어왔다.

'이게…… 뭐지?'

육중한 덩치를 자랑하는, 마치 공룡 같은 외모를 가진 흉포한 마수.

그리고 그 위에 떠 있는 마수의 정보를 확인한 서희는, 저도 모르게 헛바람을 들이켰다.

차원 전쟁이 시작된 지 고작 사흘 만에 '상급 마수'라는 강력한 존재가 모습을 드러낸 것이었다.

서희는 마른침을 삼키며 마법을 캐스팅하기 시작했다.

'상급 마수는 나도 장담하기 힘들 정도로 강력한데…….'

사실 서희 정도의 스펙을 가진 유저가 다른 클래스였다면, 한 마리의 상급 마수 정도는 손쉽게 처치할 수 있을 것이었다.

그녀는 레벨도 190이나 되었지만, 장비도 엄청나게 고급이었으니까.

하지만 그녀는 광역 마법을 위주로 수련한 광역 화염 법사다.

그런 그녀에게 단일로 250레벨이나 되는 강력한 몬스터는 무척이나 까다로운 존재였다.

'주변에 잔챙이들을 싹 다 정리하면 다른 유저들이 다굴쳐서 잡아 주겠지!'

서희는 대략적인 상황을 판단한 뒤, 자신이 가진 가장 강력한 광역 마법 중 하나를 캐스팅하기 시작했다.

그리고 잠시 후, 그녀는 자신의 생각이 얼마나 잘못됐는지 깨달을 수 있었다.

쿵- 쿵-.

육중하게 울려 퍼지는 발소리.

거대 육식 공룡 같은 외모를 지닌 상급 마수인 '세칼로스'
가 커다랗게 포효했다.

캬아아오-!

잠시 낮은 자세를 취했던 세칼로스가 전방을 향해 고개를
휘두르며 강력한 마기를 뿜어내기 시작한 것이었다.

쾅- 쾌쾅- 쾅-!

마치 폭죽 터져 나가듯 마기에 직격당한 유저들이 바닥에
널브러진 것이다.

"으아악……!"

"살려 줘! 이거 너무 아프잖아!"

"미친, 이건 기사 클래스도 버티기 힘든 딜이라고!"

수많은 유저들이 비명을 지르며, 새까만 재가 되어 사라져
버리고 말았다.

그 모습을 본 서희는, 당황한 표정이 되어 캐스팅 중이던
마법을 취소했다.

"젠장!"

마법의 캐스팅이 끝나기 전에 저 괴물 같은 놈이 분명 자
신을 노리고 달려들 것이기 때문이었다.

괴물의 접근을 막아 줄 다른 유저들이 전부 사망하거나 빈
사 상태가 되었기 때문에 달리 선택할 수 있는 것이 없었다.

서희의 입에서 침음성이 흘러나왔다.

'이건…… 끝났어. 원거리 궁수들의 딜이 누적되면 저놈 하나는 잡기야 하겠지만, 이대로 슈랑카 평원은 포기해야 돼.'

서희는 무슨 방법이 없을지 전장의 지형을 살피며 열심히 머리를 굴렸다.

하지만 막막할 정도로 아무런 해법이 보이지 않았다.

'젠장, 이래서 전사 클래스 두어 명 정도는 최상위 랭커가 있었어야 했는데…….'

몬스터와의 1:1 전투에 강한 전사 클래스의 존재가 절실한 순간이었다.

서희는 더 이상 망설일 수 없었다.

'어쩔 수 없다. 일단 후퇴야.'

그녀는 사흘 동안의 활약으로, 슈랑카 평원의 토벌대에서 가장 높은 기여도를 가지고 있었다.

덕분에 그녀의 직책은 이 전장에서 유일한 '백인장'이었으며, 랭크도 무려 B랭크나 되었다.

서희는 주변의 유저들에게 후퇴를 명령하기 위해 손을 번쩍 들었다.

"모두, 뒤로 빠지……!"

그런데 그때, 후퇴 사인을 보내기 위해 뒤로 돌아선 서희의 눈앞에, 믿을 수 없는 광경이 펼쳐지고 있었다.

크아아오오-!

협곡을 까맣게 덮을 정도로 거대한 그림자.

날개를 활짝 펼친 새카만 드래곤 한 마리가, 입을 쩍 벌리며 입김을 들이마시고 있었던 것이다.

"모두 뒤쪽으로 빠지세요!"

드래곤의 머리 위에는 한 남자가 타고 있었으며, 그의 손짓에 따라 유저들이 빠르게 뒤쪽으로 빠져 나갔다.

그리고 다음 순간.

쾅- 콰콰콰쾅-!

드래곤의 입에서, 어마어마한 파괴력을 가진 브래스가 전방을 향해 뿜어져 나갔다.

치익- 치지지직-!

이 공격 한번으로 협곡에 밀려든 하급 마수들이 전부 까맣게 타 버렸으며, 생명력이 가득 차 있던 중급 마수들마저 절반 이하로 생명력이 떨어지고 말았다.

"이, 이게······!"

그리고 서희는, 그 드래곤의 정체를 알고 있었다.

"워 드래곤, 카르세우스······?"

중부 대륙 한복판에서 벌어졌던, 잊지 못할 대규모의 공성전.

그리고 결코 가능해 보이지 않았던 수성전을 성공시킨 주역과 그의 드래곤을, 그녀는 잊을 수 없었던 것이다.

"이안, 이안이 왔다!"

서희는 벨리언트 길드 소속의 랭커였다.

벨리언트 길드의 길드 마스터인 로이첸이 직접 영입한 마법사 랭커 유저인 서희.

당시 벨리언트 길드는 로터스 길드를 도와 파이로 영지의 수성에 동참했었고, 그랬기에 서희는 카르세우스와 이안을 알아볼 수밖에 없었던 것이었다.

'이러면 승산이 있어!'

한때 어마어마한 존재감을 내뿜으며 카일란 곳곳을 누비고 다녔던 이안이었다.

하지만 자신의 개인 퀘스트 때문인지 어느 순간 이안은 자취를 감췄고, 덕분에 그의 능력은 유저들 사이에서 몇 개월 전보다 많이 평가절하되어 있었다.


-이안? 운 좋게 전설 소환수 얻어서 꿀 빠는 소환술사 나부랭이 아님?

-뭐, 툭 하면 이안 빠는 극성 빠들이 많기는 한데, 난 대체 이안 왜 그렇게 빠는지 모르겠음. 솔직히 다른 클래스 10위권만 돼도 이안보다 강한 랭커들 많을 텐데 말이지.


그러나 그의 지휘 아래 직접 전장을 경험해 본 적이 있는 서희는, 너무도 잘 알고 있었다.

'이안은 게임의 신이야.'

타고난 감각적인 전투 컨트롤은 물론이요, 복잡한 난전과

대규모 전투에서 전체적인 흐름을 꿰뚫어 볼 줄 아는 타고난 시야까지.

한 번이라도 그와 한편에 서서 전투에 참여해 본 사람이라면, 누구나 그를 신격화할 수밖에 없다는 것이 서희의 생각이었다.

그런데 그때 서희의 눈에, 브레스에 직격당하고도 아직 팔팔한 생명력을 가진 채 포효하는 상급 마수가 들어왔다.

캬아악-!

브레스가 제법 아팠는지, 고통스러운 표정을 지으며 날뛰기 시작한 세칼로스.

쿵- 쿵- 쿵-.

육중한 거구를 이리저리 흔들며 달려드는 세칼로스 때문에, 토벌대의 병력이 속수무책으로 죽어 나갔다.

'제기랄, 브레스를 맞고도 저 정도밖에 생명력이 안 깎이다니, 네임드 몬스터인가?'

서희의 고개가 자동으로 돌아갔다.

어느새 그의 시선은 이안을 향하고 있었다.

'젠장, 아무리 이안 님이라도 소환술사가 단신으로 저 네임드를 상대하기엔 무리일 텐데…….'

서희는 주변을 둘러보며 고레벨의 전사 유저들을 찾기 시작했다.

그런데 그때, 카르세우스의 등에 올라타 있던 이안이 허공으로 도약하여 세칼로스를 향해 뛰어들었다.

"......!"

마치 블록버스터급 판타지 영화에서 볼 수 있을 법한 멋들어진 광경이었다.

그리고 모습을 본 유저들은, 대부분 멋지다는 생각보다는 당황스럽다는 생각을 먼저 할 수밖에 없었다.

그만큼 무모해 보였던 것이다.

-저게 뭐지? 미친 건가?

-아니, 아무리 이안이라도 그렇지. 소환술사가 창 자루 하나 들고 상급 마수한테 뛰어들어?

하지만 이안은, 두어 달 전에 이미 상급 마수를 단신으로 사냥한 전적이 있었다.

정확히 말하자면 사냥이라기보다는 폭력 행사를 통한 어거지 포획이었지만.

정령왕의 심판을 움켜쥔 이안의 손에 강하게 힘이 들어갔다.

'그리고 그때랑은 내 아이템들이 많이 달라졌거든.'

황금빛으로 은은하게 빛나는 날카로운 창극.

이안의 손에 쥐어진 행성 파괴 무기가, 세칼로스의 뒷목에 그대로 틀어박혔다.

푸욱—!

원래 인간은 본능적으로 남을 시기하고 질투하려는 성향을 가지고 있다.

하지만 사람마다 그 성향의 정도가 차이나고, 보통 남을 헐뜯기 좋아하고 깎아내리기 좋아하는 이들은 이러한 성향으로 가득 찬 상태라고 볼 수 있다.

이안은 이제 카일란에서 모르는 사람이 없을 정도로 유명인이 되었다.

그에 따라 수없이 많은 팬이 생기기도 했지만, 반대급부로 시기, 질투하는 사람들도 많아졌다.

그리고 그들은, 자신이 믿고 싶은 것만 믿는다.

─이안이 이라한 님과 1:1 싸움에서 호각이었다고? 그건 말도 안 되지. 분명히 이안 빠들이 부풀려 말한 얘기일걸?

─이안 레벨이 최소 190이상으로 추정된다고? 그런 말도 안 되는 헛소리를 설마 믿는 거야? 생각해 봐, 다른 소환술사 랭커들이랑 20레벨 가까이 차이 나는 게 상식적으로 말이 돼? 그게 되면 버그지, 버그.

심지어는 그들 중에는 두 눈으로 확인한, 이안의 4초월 무기가 완성되었다는 메시지조차 버그로 치부해 버리는 이들이 있었다.

그런 그들이 자신의 두 눈으로 확인하지 못한 것을 곧이곧대로 믿을 리가 없는 것이었다.

그리고 그런 이들 중 한 명이었던 검사 랭커 유저인 '세이안'은 현재 두 눈을 부릅뜬 채, 입을 쩍 벌리고 있었다.

'저게 대체 뭐지? 이거 무슨 상황인 거야?'

192레벨의 전사 유저인 세이안.

전사 클래스는 1:1 전투에 특화되어 있는 클래스였고, 그렇기에 PVP는 물론, VS 보스 전투에서도 상위 1~2위를 다투는 직업군이었다.

그리고 전사 랭킹 100위 안쪽에 들어가는 그가 전력을 다해도 잡을 수 있을지 의심되는 괴물이 상급 마수 세칼로스였던 것이다.

그런 어마어마한 괴물이, 이안의 창에 목이 꿰뚫려 괴성을 지르고 있었다.

키에에엑-!

자신도 전체 직업군 500위권 안쪽에 들어가는 랭커임과 동시에 수많은 랭커들과 함께 전투해 본 그의 눈에도, 이안의 움직임은 흉내 내기조차 힘들어 보였다.

무슨 기술인지는 알 수 없지만, 이안의 창이 움직일 때 마다 허공에서 번개가 떨어져 내렸고……

쾅 콰콰쾅-!

번개가 떨어져 내릴 때마다 세칼로스의 생명력 게이지가 뭉텅이로 잘려 나갔다.

키아아오오-!

자신의 공격을 단 한 차례도 허용하지 않으며 날렵하게 움직이는 이안이 무척이나 얄미웠는지, 세칼로스는 거칠게 몸을 움직이며 이안을 잡기 위해 안간힘을 썼다.

쿵-.

세칼로스의 육중한 몸이 움직일 때마다 커다란 진동음이 울려 퍼졌다.

쿠쿵- 쿵-!

주변이 정리된 탓에 적막만이 흐르는 이 전장 안에서, 세칼로스의 거친 숨소리가 허공을 가득 메웠다.

크르륵- 크르르르-.

하지만 세칼로스가 아무리 날뛰어도 이안 앞에서는 부처님 손바닥 위에 있는 손오공일 수밖에 없었다.

'내가 레미르 님과 함께 사냥한 세칼로스만 족히 백 마리는 될 거다, 이놈아!'

마계가 닫히기 직전 이안이 사냥했던 사냥터는 마계의 50~55구역이었고, 이 깊숙한 지역에는 상급 마수가 빈번히 출몰했다.

레미르 없이 이안 혼자서 세칼로스와 싸웠던 경험도 최소

열댓 번 이상이었다.

이안은 처음부터 세칼로스의 모든 약점과 행동 패턴을 알고 있었기 때문에, 그를 어린아이 다루듯이 농락할 수 있었다.

"잘 가라, 요놈아!"

네임드, 혹은 준 보스 급으로 등장한 세칼로스였기 때문에 생명력은 일반적인 세칼로스보다 두세 배 쯤 많았다.

하지만 이안은 단 5분 만에 3분의 2 가량이 들어차 있던 세칼로스의 생명력 게이지를 모조리 지워 버렸다.

키에에에엑-!

서글픈 듯 입을 쩍 벌리며 괴성을 질러 대는 세칼로스.

그리고 다음 순간, 괴물은 육중한 진동음을 내며 바닥에 몸을 뉘이고 말았다.

쿵-.

세칼로스는 상급 마수들 중에도 수위권에 드는 거대한 덩치를 자랑하는 녀석이었기 때문에, 근처에 있던 유저들은 땅이 진동하는 듯한 느낌을 받았다.

"좋아, 오늘 사냥은 개시부터 일진이 좋은데?"

이안은 씨익 웃으며 다음 목표물을 향해 움직였고, 멍한 표정으로 이안의 활약을 보고 있던 유저들도 다시 정신을 차리기 시작했다.

"바, 방금 봤어?"

"저거 레벨 200도 넘는 상급 마수 맞지?"

"야, 200이 뭐야, 250 정도인 것 같았어."

"와, 씨 대박! 미쳤다 진짜!"

그리고 이안의 활약에 힘입어 유저들의 사기가 올라가기 시작했다.

둥- 둥- 둥-.

토벌대 후방을 지키던 병사 하나가 전고戰鼓를 울렸다.

"와아아, 다 쓸어 버리자!"

기세를 탄 유저들은 협곡 밖으로 하나둘 뛰어나갔다.

한편 등장과 동시에 전장의 분위기를 바꿔 버린 이안은, 어느새 핀을 타고 허공으로 날아오르고 있었다.

"좋아, 요놈 한 방으로 일단 사병은 벗어난 것 같고!"

이안은 자신의 토벌대 랭크 창을 열었다.

띠링-.

---

**토벌대 기여도 현황**

유저 네임 : 이안                           직책 : 사병
랭크 : D                                      보유 포인트 : 157,825
누적 피해량 : 47,982,590            초당 피해량 : 267,584
누적 회복량 : 15,980                   누적 킬 포인트 : 87
총 입은 피해량 : 153,768
누적 피해량 랭킹 : 375위 (상위 5.7퍼센트)
초당 피해량 랭킹 : 1위 (상위 0.01퍼센트)
누적 회복량 랭킹 : 5,945위 (상위 90.36퍼센트)
누적 킬 포인트 랭킹 : 789위 (상위 11.99퍼센트)

시스템 창을 한번 훑어 본 이안의 두 눈이 살짝 반짝였다.

'오호, 요 동네에는 제대로 된 랭커가 없나 본데? 오자마자 상위 10퍼센트를 찍다니 말이야.'

이안이 카르세우스의 브레스를 이용해 한 방에 엄청난 누적 딜을 뽑아내 주었던 것도 있었지만, 그것을 감안하더라도 앞선 두세 시간의 사냥을 생각하면 의아할 정도로 높은 랭킹이었다. 하지만 이안이 고작 이 정도에 만족할 리가 없었다.

'토벌대장인지 뭔지, 내일은 내가 무조건 그 계급장 달고 싸운다.'

감히 자신에게 면박을 준 NPC가 떠오른 이안은, 더욱 의지를 불태우기 시작했다.

"하, 진짜 쟤 때문에 미치것네!"

카일란의 개발사인 LB사의 상황실.

상황실은 유저들의 플레이 영상을 실시간으로 확인하며 볼 수 있게 만들어져 있었으며, 주로 상위 1천 명 정도의 랭커들의 영상이 돌아가며 비춰졌다.

그리고 LB사 상황실에 있는 스크린은 총 쉰 여 개 정도였는데, 어느 샌가부터 그 스크린 중 하나에는 한 명의 유저만이 고정적으로 비춰지고 있었다.

"아니, 팀장님, 저거 저래도 되는 겁니까?"

"뭐가?"

"저거 제가 봐도 버그성 플레이 같아서요."

"……."

상황실에 옹기종기 모여 앉아 이안의 전투 영상을 구경 중인 기획 팀의 인원들.

그들은 거의 초당 한 번씩 한숨을 내뱉고 있었다.

"야, 유 대리, 저거 4초월 무기 있잖아."

"네, 팀장님."

"저거 때문에 지난번에 버그 신고만 80건은 접수받은 것 같은데 그때는 내가 그냥 어이가 없었거든?"

"예……."

"근데 지금 눈으로 확인하니까, 그 신고한 사람들 심정이 이해가 가."

"……."

"저거 원래 우리 기획 팀에서 레벨 디자인할 때, 언제쯤 풀려야 되는 아이템이었지?"

팀장의 말에 잠시 생각하던 유 대리가 뒷머리를 긁적이며 입을 열었다.

"최초 획득은 한 반년…… 정도 뒤일 것이라고 예상했었죠. 어느 정도 보급되는 건 빨라도 1년?"

기획 팀장이 소파에 털썩 주저앉으며 푸념했다.

"니미, 근데 왜 저게 지금 쟤 손에 들려 있는 건데? 무슨 상급 마수 목덜미에 40만 딜씩 꽂아 버리고 있잖아? 그것도 소환술사가 말이야."

"……."

퀭한 표정으로 스크린을 바라보던 유 대리가, 다 죽어가는 목소리로 입을 열었다.

"그런데, 팀장님."

"뭐, 인마."

"팀장님은 만약 저 장비 다 쥐어 주면, 저렇게 플레이하실 수 있으시겠습니까?"

유 대리의 말에 팀장의 두 눈이 살짝 커졌다.

"뭐어?"

유 대리가 스크린을 가리키며 말을 이었다.

"아니, 그렇지 않습니까? 이안 저 녀석, 지금 아주 저기 토벌대에서 혼자 미쳐 날뛰고 있는데 저 같으면 저 장비 고대로 가져다 줘도 저런 플레이 못 합니다. 피할 각이 아예 안 나오는 광역기 빼고는 거의 9할 이상 피해 가면서 싸우고 있어요."

"……."

"게다가 쟤 지금 스킬 쿨 돌아와 있는데 2초 이상 멈춰 있는 거 본 적 있으세요?"

"아니……."

"저쯤 되면 기계 아니에요?"

"그런 것 같기도 하고……."

"제가 볼 때, 저 4차 초월 무기가 사기가 아니고, 이안 저 놈이 사기예요."

"후우……."

두 사람은 대화를 이어 갈수록 기분이 더욱 다운되는 것을 느꼈다.

그도 그럴 것이, 유저 혼자서 게임의 밸런스를 파괴하고 있었으니 기획 팀 입장에서는 죽을 맛일 수밖에 없는 것이다.

"하아, 새 콘텐츠 또 기획하는 거야 둘째 치고, 개발 팀에 또 뭐라고 해야 합니까?"

"그러게 말이다. 나도 그게 지금 제일 걱정이야."

카일란은 전 세계적으로도 시스템적으로 최정상에 있는 가상현실 게임이었다. 그 말인 즉, 콘텐츠 하나를 추가하려면 개발 팀의 어마어마한 노력이 들어간다는 이야기다.

기획 팀에서 기가 막힌 기획을 뽑아낸다고 해도, 그게 적용되려면 개발 팀이 셀 수 없이 많은 밤을 꼴딱 새 가며 프로그래밍을 해야 하는 것이었다.

그렇기에 콘텐츠 파괴자인 이안은 LB사 공공의 적일 수밖에 없었다.

"휴우…… 다음 콘텐츠는 얼마나 난이도를 높여야 하는 걸까요? 사실 지금 마계 몬스터 웨이브도 난이도 엄청 올린 거였잖아요."

"몰라, 인마."

그런데 두 사람이 그렇게 힘 빠지는 대화를 이어 가던 그때, 그 옆에서 멍하니 이안의 영상을 구경하던 사원 하나가 유 대리를 툭툭 건드렸다.

"유 대리님."

"왜 불러."

"그런데 말입니다."

"얜 또 무슨 말을 하려고 이러는 거야?"

그는 몽롱한 표정으로 스크린을 응시하며 침을 꿀꺽 삼켰다.

"저…… 한 20분만 여기서 저 영상 좀 보다가 올라가도 됩니까?"

이안의 플레이에 흠뻑 빠져 있는 듯한 그의 눈빛에 유 대리는 뒤통수에 꿀밤을 먹이며 으르렁거렸다.

"이게 매를 벌어요, 매를!"

이안이 토벌대에 합류한 뒤로 전세는 완벽히 뒤집어졌다.

그것은 이안 본인의 전투 능력 때문이기도 했지만, 전체적인 사기가 올라간 것이 크게 한몫한 것이었다.

예전에는 중급 마수 하나만 어디서 등장해도 혼비백산하던 유저들에게 '이안'이라는 믿는 구석이 생겨 버린 것이었다.

어지간한 랭커 10인분 이상을 홀로 해내는 이안의 존재로 인해, 토벌대는 슈랑카 평원의 절반을 1시간 만에 다시 되찾아 올 수 있었다.

"뿍뿍아, 저놈!"

"알았뿍! 나한테 맡겨라뿍!"

이안은 상대하고 있던 중급 마수 하나를 가리키며 뿍뿍이를 불렀고, 뒤뚱뒤뚱 다가온 뿍뿍이가 그를 향해 입을 쩍 하고 벌렸다.

─소환수 '뿍뿍이'의 고유 능력인, '욕심 많은 포식자'가 발동되었습니다.

─대상의 생명력이 최대 생명력의 20퍼센트 이하이므로, '포식'이 발동됩니다.

─중급 마수 '크로커'를 처치하셨습니다.

─뿍뿍이의 생명력이 327,512만큼 회복됩니다.

보스 몬스터나 네임드급 몬스터를 제외하고는, 어떤 몬스터든 20퍼센트 이하의 생명력이 남은 적을 확정적으로 삼켜 버릴 수 있는 뿍뿍이의 스킬.

이안은 이 스킬을 무척이나 유용하게 사용하고 있었다.

"뿍뿍아, 여기 또 있어!"

"알았뿍!"

―소환수 '뿍뿍이'의 고유 능력인, '욕심 많은 포식자'가 발동되었습니다.

―대상의 생명력이 최대 생명력의 20퍼센트 이하이므로, '포식'이 발동됩니다.

―소환수 뿍뿍이가 '나태한 포식자' 고유 능력 발동 중 공격을 당했습니다.

―소환수 뿍뿍이의 '먹을 땐 방해하지 마!' 스킬이 발동됩니다.

―343,762만큼의 내구력을 가진 보호막이 생성됩니다.

이안은 뿍뿍이를 최대한 활용하며 싱글벙글 웃었다.

'크으, 이거 예상보다 더 재밌는데?'

사실 뿍뿍이의 공격 성능이 뛰어나기는 했지만, 이안의 다른 소환수들과 비교한다면 좋은 편은 아니었다.

하지만 이안은 새로운 방식의 사냥 패턴이 하나 더 늘었다는 것만으로도 무척이나 신이 났다.

'그나저나 뿍뿍이 광역 힐을 빨리 한번 써 보고 싶은데, 왜 이렇게 기회가 안 나지?'

전장에 들어온 지 고작 20분 만에, 누적 딜 랭킹 30위, 전체 기여도 40위 안쪽으로 들어와 버린 이안이었지만, 여기에 뿍뿍이의 광역 힐까지 몇 번 제대로 터져 준다면 전체 기여도 10위권 안쪽으로 들어갈 수 있을 것이다.

그리고 그렇게 10분 정도가 더 흘렀을까?

드디어 이안에게, 아껴 뒀던 '심연의 축복' 스킬을 사용할 기회가 찾아왔다.

끼아아오오-!

커다란 괴성이 허공에 메아리쳤다.

그리고 시뻘건 불길이 온몸에 번져 있는 거대한 괴조 한 마리가 전장의 하늘로 날아올랐다.

"저게 뭐야?"

"처음 보는 마수다!"

"덩치나 위압감으로 봐선 최소 상급 마수야!"

유저들은 혼비백산했다.

그도 그럴 것이, 거대한 괴조의 위용은 세칼로스와 비교해도 전혀 꿀릴 것이 없었기 때문이었다.

하지만 유저들의 혼란과는 별개로 이안은 여유로웠다.

'드디어 심연의 축복을 써 볼 타이밍이 온 건가?'

유저들을 공포에 떨게 한 붉은 괴조를, 이안은 이미 알고 있었다.

'상급 마수, 카이파. 확실히 이 전장에서 카이파는 죽음의 새가 될 수도 있겠네.'

카이파는 무척이나 광범위한 구역에 화염을 뿌려 대는 상급 마수였다.

250레벨이 넘는 상급 마수 치고 화염 스킬의 대미지가 강력한 편은 아니었다.

하지만 그 범위가 너무 넓은 것이 문제였다.

'한 190레벨 언저리에 온 유저들이라면 버텨 낼 만한 딜이지만, 150레벨 이하의 중수들은 탱커 빼고 싹 다 녹아내릴 테지.'

게다가 다른 유저들은, 이안처럼 정보가 있는 것도 아니었으니 속수무책으로 스킬에 당할 확률이 높았다.

쐐애애액-!

저 멀리 마계 차원문으로부터 저돌적으로 날아오는 괴조를 힐끗 쳐다본 이안은, 핀을 타고 허공으로 날아오르며 소리쳤다.

"모두 이 주변으로 모이세요!"

현재 이 전장 전체를 주도하고 있는 유저는 누가 뭐래도 이안이었고, 현재 토벌대의 대장인 서희마저 이안의 지시를 따르고 있었다.

그렇기에 이안의 말이 떨어지자마자 유저들이 일사불란하

게 움직이기 시작했다.

"뭐야? 왜 모이라는 거지?"

"몰라, 일단 움직이기나 해! 이안 님이 다 생각이 있으시겠지."

잠시 후, 괴조 카이파가 유저들의 머리 위까지 날아들었다.

끼요오오-!

그리고 카이파는, 허공 높이 날아오르더니 거대한 날개를 펄럭이기 시작했다.

화륵- 화르르륵-!

그러자 칼리파의 온몸을 감싸고 있던 불길이, 지상을 향해 쏟아져 내리는 것이 아닌가.

게다가 유저들은 이안의 명령을 충실히 따른 덕에, 죄다 좁다란 구역에 모여 있었다.

"뭐야, 이거!"

"제기랄, 광역 마법이잖아!"

"피해!"

"아니, 뭐야 대체? 이안 님은 왜 여기로 오라고 하신 거야?"

"끄아아아, 이안이 우릴 다 죽일 속셈이었어!"

허공을 시뻘겋게 뒤덮은 화염을 보며, 유저들은 허둥지둥하기 시작했다.

하지만 다음 순간, 그 중심에 자리 잡고 있던 뿍뿍이가 바닥에 털썩 주저앉더니 눈을 감았다.

우우웅—!

—소환수 '뿍뿍이'의 고유 능력, '심연의 축복'이 발동됩니다.

곧이어 펼쳐진 푸른 빛깔의 장막이 옹기종기 모여 있는 유저들의 위를 덮었다.

뒤덮이는 불길로 인해 끊임없이 도트 대미지를 입고 있던 유저들은, 다시금 차오르는 생명력을 보며 두 눈이 휘둥그레졌다.

"아니, 뭐야? 이 광역 힐은 대체 등급이 뭐기에 힐량이 이렇게나 커?"

"뭐지? 내가 사제 클래슨데, 이런 힐 스킬은 본 적이 없는데?"

뿍뿍이의 심연의 축복은, 어지간한 랭커 사제의 스킬과 비교해도 손색이 없을 정도로 탁월한 광역 힐이었다.

사제 클래스의 궁극의 광역 힐이라고 알려진 '홀리 필드'와 비교해 봐도 총 힐량은 훨씬 높은 수준.

다만 홀리 필드는 시전 즉시 모든 힐이 펌핑되는 스킬이었고, 그에 비해 뿍뿍이의 힐은 서서히 차오르는 힐이라는 점이 단점이자 장점이었다.

그리고 지금 상황에서는 그 부분이 엄청난 장점으로 작용했다.

카이파의 화염 스킬이 일정 시간 지속해서 화염 도트 대미지를 입히는 광역 마법이기 때문이었다.

－상급 마수 카이파의 '지옥불'에 21,984만큼의 피해를 입었습니다.

　－'심연의 축복'의 효과로, 생명력이 13,750만큼 회복됩니다.

　－'심연의 축복'의 효과로, 생명력이 13,750만큼 회복됩니다.

　카이파가 사용하는 지옥불은, 대체로 한 틱당 1만~2만 초반대 수준의 대미지가 들어왔다.

　피격자의 마법 방어력과 화염 저항력에 따라 차이가 있을 수는 있겠지만 그에서 크게 벗어나지는 않았고, 대략 1.2초 정도에 한 번 대미지가 들어오는 수준이었다.

　반면에 뿍뿍이의 심연의 축복 스킬의 회복량은 13,750으로, 고정 힐이었다.

　얼핏 보면 들어오는 대미지에 비해 힐량이 부족할 수도 있겠다고 생각할 수 있겠지만, 실상은 달랐다.

　심연의 축복은, 1초에 세 번씩 체력이 차오르기 때문이다.

　"대미지가 안 들어온다……?"

　"이 정도 지속 광역 힐이면, 한 틱에 사망할 정도로 종이 몸만 아니면 절대 죽을 일이 없겠어!"

　"궁수들 뭐해? 그냥 화염 대미지 몸으로 받으면서 저격 기술 다 때려 박아!"

　이렇게 되자 모든 클래스 중 탱킹 능력이 가장 떨어지는 궁수 클래스와 마법사 클래스조차 말뚝 딜을 넣을 수 있게 되었다.

　"매직 애로우!"

"디스트로이어 빔!"

수십이 넘는 원거리 딜러들이 허공에 떠 있는 괴조를 향해 공격을 퍼붓기 시작했다.

쾅- 콰콰쾅-!

파팍-!

그렇게 되자 아무리 상급 마수라고 하더라도 순식간에 생명력이 녹아내릴 수밖에 없었다.

끼요오오-!

카이파는 괴성을 지르며 허공에서 녹아 버렸고, 유저들은 환호성을 질렀다.

"이야! 이러다 오늘 슈랑카도 지켜 내겠는데?"

"이러다가 아니고, 이러면 우리가 밀릴 수가 없어!"

"크으, 이안 님 한 명 추가됐는데, 이렇게 상황이 달라지다니! 역시 랭커는 괜히 랭커가 아닌 건가?"

"무슨 소리! 이안 님이니까 가능한 거지. 그냥 일반적인 랭커였다면 택도 없었어."

"뭐냐, 그 발언은? 그럼 이안 님이 한국 서버 전체 랭킹 1위급이라도 된다는 말이냐?"

"원래는 그렇게 생각 안했는데, 오늘 보니까 그럴지도 모르겠다는 생각이 드네."

유저들은 신나서 마수들을 사냥했고, 그 모습들을 지켜보는 한 유저가 있었다.

'크으, 역시 이안 님은 내 기대를 저버리지 않으셨어!'

그는 바로 160레벨 정도의, 제법 상위 랭커 소환술사 유저인 류한수.

그리고 몇 시간 전, 토벌전 시작을 앞두고 다른 유저들과 가벼운 말싸움을 했던 유저였다.

한수는 그의 우상인 이안을 폄하하던 이들이, 이 엄청난 이안의 활약을 보며 어떤 생각을 할지 무척이나 궁금해졌다.

"저기요, 세이지 님."

"예?"

"혹시 금일 토벌대 기여도 랭킹 보이시나요?"

"음……."

"지금 이안 님 2시간도 넘게 늦게 들어오셨는데, 벌써 기여도 3위인 거 보이시죠?"

한수의 말에, 몇 시간 전까지 이안을 폄하했던 남자가 멋쩍은 표정으로 뒷머리를 긁적였다.

"그, 그렇네요."

"아까 뭐라셨죠? 이안 님이 10위권에도 못 들 거라고 하셨던 것 같은데……."

"넵……."

한수가 씩 웃으며 물었다.

"이젠 생각이 좀 바뀌셨나요?"

"죄송합니다, 아까 전엔 제가 잘 알아보지도 않고 말을 너무 함부로 한 것 같네요."

아직도 금일 몬스터 웨이브는 지나간 시간보다 남은 시간이 더 많았고, 이 페이스대로라면 이안은 기여도 랭킹에서 압도적인 1위가 될 수밖에 없었다.

한수는 수직 상승 중인 이안의 기여도를 응시하며 속으로 중얼거렸다.

'오늘 전투가 끝나면 이안 님께 사인이라도 받아 놔야겠어. 그걸 가지고 주말 모임에 나가면 다들 부러워하겠지?'

한수는 싱글벙글하며 걸음을 옮기기 시작했다.

이안의 활약에 아무리 감동을 받았더라도, 그 자신의 기여도를 올리는 것을 게을리할 수는 없었으니까.

집에서 여유롭게 점심 식사 중이던 유현은, 태블릿을 꺼내어 인터넷을 열었다.

"오랜만에 공식 커뮤니티나 한번 들어가 볼까?"

유현은 오늘 있었던 몬스터 웨이브에 참여하지 않았다.

오전부터 가족끼리 외식이 있었기 때문에 하루 쉬게 된 것이었다.

이안으로서는 상상도 할 수 없는 나태함이었다.

유현은 토벌대에는 참여하지 않았지만 어쨌든 그와 관련

된 소식들이 궁금했고, 공식 커뮤니티에 오픈된 마계 토벌대 게시판을 탭하여 들어갔다.

"어디 보자, 지금쯤이면 신나게 싸우는 중일 텐데……."

토벌대 게시판은, 그 안에서도 총 네 개의 게시판으로 나뉘어 있었다.

마계 차원문이 열린 지역별로 하나씩의 게시판을 부여해 준 것이었다.

그리고 유현은 당연히, 중부 대륙에 열린 마계 토벌대 게시판을 먼저 들어가 보았다.

그곳에는 토벌대에 제대로 참여하지 못하는 중, 저레벨 유저들이, 전장 뒤편에서 실시간으로 실황 중계하듯 게시물을 올리고 있었다.

－오늘부터는 난이도가 제법 있네요. 랭커들이 제일 많이 포함된 토벌대인데도 슬슬 밀리기 시작하는 것 같습니다.

－크으, 그나저나 로터스 길드는 대체 전력이 언제 저렇게 강해진 거임? 저기 지금 이안도 없는 것 같은데, 10위 안쪽에 있는 길드랑 비교해도 전혀 꿀리질 않는데?

－윗 님, 그야 당연하죠. 로터스 길드가 지금 11위가 그런데 10위권이랑은 당연히 격차가…….

－맞음. 원래 강한 게 당연한 길드고, 게다가 레미르랑 레비아까지 저쪽에서 같이 싸우고 있는데, 약한 게 이상한 거지.

게시물들을 쭉 읽어 내려간 유현은 뿌듯한 미소를 지었다.

"흐으, 좋아, 좋아. 내가 없어도 다들 잘하고 있는 모양이군."

지금 마계의 몬스터 웨이브는, 카일란 한국 서버의 이목이 집중되어 있는 콘텐츠였다.

게다가 토벌대의 기여도 랭킹 목록에 실시간으로 참여 유저들의 이름과 길드가 떠 있으니, 이것은 적지 않은 길드 홍보 효과를 가지고 올 것이었다.

헤르스는 현재 중부 대륙 토벌대의 랭킹 순위를 확인해 보았다.

"오호, 피올란 님은 예상했지만, 클로반 형까지 순위권에 들어가 있네?"

헤르스가 확인한 순위표는 총 25위까지의 랭킹이 보이는 페이지였고, 그 안에 로터스 출신의 유저가 둘이나 들어가 있다는 것은 정말 대단한 것이었다.

지금 로터스 길드가 포함되어 있는 구역은, 네 군데의 토벌 구역 중 랭커들이 가장 많이 모여 있는 곳이기 때문이었다.

게다가 로터스 길드에 용병과 다름없는 형식으로 전투에 참여 중인 레미르와 레비아까지 포함시키면, 로터스의 전력 중 총 네 사람이나 25위 안쪽에 랭크되어 있는 것이나 마찬가지였다.

특히 1~3위를 넘나들며 압도적인 누적 딜양을 자랑하는 레미르의 존재감은 어마어마했다.

'흐으, 이거 보니까 또 근질거리네. 나도 내일은 50위권 안에 어떻게든 들어가 봐야지.'

게시판을 대충 다 훑어본 유현은 태블릿을 끄려다 말고 잠시 멈칫했다.

'그나저나 오늘은 슈랑카 쪽도 한번 확인해 봐야 하나?'

슈랑카 평원은, 로터스 길드의 첫 영지였던 로터스 영지와 멀지 않은 곳에 위치해 있었다.

그렇기 때문에 유현은 중부 대륙만큼이나 그쪽에도 관심을 두고 있었다.

'아무리 포인트를 조금 준다고 해도 너무 밀리는 것 같으면 우리 길드가 그쪽으로 가야 할 수도 있어.'

중부 대륙에 열린 몬스터 웨이브는 상대적으로 북부 대륙에 열린 웨이브들 보다 난이도가 두 배 가까이 높았고, 그렇기 때문에 토벌 포인트를 더 많이 획득할 수 있었다.

사실 많은 랭커들이 중부 대륙에 몰려 있는 것도 그 때문이었다.

토벌 포인트는 명성이나 골드로 바로바로 교환할 수 있는, 현찰이나 다름없는 재화였기 때문이다.

하지만 그렇다고 북부 대륙 쪽의 몬스터 웨이브를 방치한다면, 로터스 영지까지 위험해질 수도 있었다.

그것은 막아야 했다.

"어디 보자, 지금 토벌 현황이……."

유현은 게시판에 들어가, 가장 위쪽에 올라와 있는 현황판 게시물을 클릭했다.

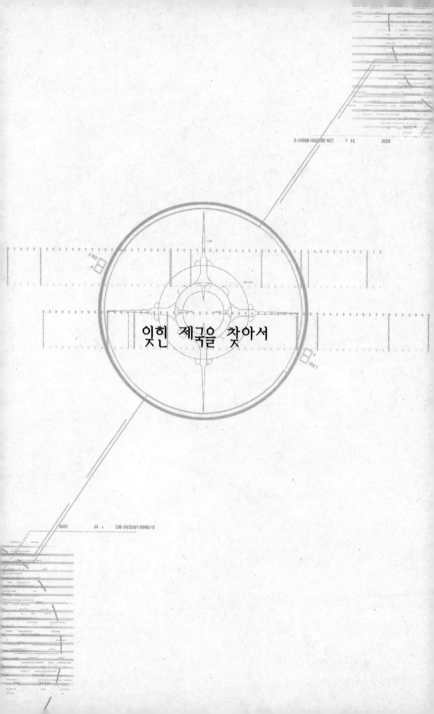

잊힌 제국을 찾아서

Taming
Master

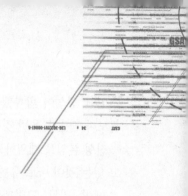

유현은 당황했다.

아니, 당황할 수밖에 없었다.

현황판의 기여도 랭킹 맨꼭대기에, 떡하니 진성의 아이디인 '이안'이 박혀 있었기 때문이었다.

'뭐야? 이놈은 급한 퀘스트 때문에 참가 못 한다더니, 북부 대륙에 가 있었네?'

유현은 뒷머리를 긁적이며 토벌대 현황을 자세히 읽어 보기 시작했다.

'중부 대륙에서 함께하지 못한 게 좀 아쉽기는 하지만, 이건 이것대로 괜찮네. 마침 북부 대륙 쪽이 조금 불안했었는데.'

유현은 한시름 놓을 수 있었다.

일단 진성이 합류했다면, 어지간한 랭커 몇 명이 들어간 것보다 훨씬 도움될 것이었으니까.

진성 본인을 제외하고는 현재 누구보다 그의 전력을 잘 알고 있는 것이 바로 유현이었다.

'에이, 뭐야. 그렇게 압도적인 1등은 아니잖아? 진성이라면 2등보다 한 배 반 이상은 기여도 차이를 냈을 것이라고 생각했는데.'

유현의 판단으로, 최상위 랭커도 없는 북부 대륙에서 진성의 전력은 압도적이어야 했다.

한데 기여도 2위인 유저와 거의 비슷한 기여도를 가지고 있었으니 조금 실망한 것이었다.

하지만 유현이 미처 체크하지 못한 부분이 있었다.

진성이 토벌대에 참여한 지는 고작 2시간 정도밖에 되지 않았고, 다른 유저들은 4시간도 넘은 상황이었던 것.

'뭐, 진성이라고 항상 압도적일 수는 없는 거니까.'

어쨌든 북부 대륙과 로터스 영지에 대한 걱정을 한시름 던 유현은, 식사를 다 마치고는 책상에 앉아 컴퓨터를 켰다.

오늘 하루는 카일란을 좀 쉴 생각이었다.

─크아아아악─! 인간들 주제에 감히…… 이 나를……!

Taming Master
테이밍마스터

무척이나 진부한 대사를 울부짖으며 바닥으로 쓰러지는 거구의 남자.

상급 마족이자 사흘 차 몬스터 웨이브의 최종 보스였던 그가 쓰러지자, 유저들은 환호성을 지르기 시작했다.

"이야, 끝났어!"

"그러니까! 정말 끝났다구!"

"크으, 오늘 기여도 장난 아니다. 슈랑카 평원 안에서 전투가 끝날 줄은 상상도 못 했어. 게다가 점유율도 74퍼센트라고, 74퍼센트!"

"내 말이. 덕분에 오늘 어제 얻었던 포인트의 두 배 이상은 얻은 것 같아. 이 정도면 직책 승급도 할 수 있겠어!"

토벌대 시스템에서, 유저들은 모든 전투가 끝나고 나면 총 기여도와 포인트를 합산하여 최종적인 보상을 받게 된다.

그리고 마지막 합산이 되기 전에, 마계와 인간계의 점유율에 비례하여 포인트를 뻥튀기로 받게 되는 것이다.

지금까지 북부 대륙의 유저들은 항상 슈랑카 평원은 모든 점유율을 마수들에게 넘겨줬으며, 그 다음 구역인 리벨리아 고원도 50~60퍼센트의 점유율을 겨우 지키고 있는 수준이었다.

그런데 오늘은 리벨리아 고원까지 밀리기는커녕, 슈랑카 평원 안에서도 70퍼센트가 넘는 어마어마한 점유율을 달성한 것이었다.

덕분에 유저들은 신이 났다.

"흐으, 이게 전부 이안 님 덕분이야."

"암, 그렇고말고. 난 이제 누가 이안 님 까면 목숨 걸고 실드 쳐야겠어. 진짜 오늘 전투하는 거 보고 지릴 뻔했음."

"미 투."

유저들이 웅성거리며 저마다 자신의 기여도와 보상을 확인하는 사이, 이안 또한 마찬가지로 자신의 전투 결과를 확인하고 있었다.

이안은 쓰러진 상급 마수의 앞에 창대를 쭉 늘어뜨린 채, 허공에 떠올라 있는 결과 창을 확인하고 있었다.

---

**토벌대 기여도 현황**

유저 네임 : 이안
랭크 : D
누적 피해량 : 3,298,749K
누적 회복량 : 378,988K
누적 피해량 랭킹 : 1위 (상위 0.01퍼센트)
초당 피해량 랭킹 : 1위 (상위 0.01퍼센트)
누적 회복량 랭킹 : 16위 (상위 0.04퍼센트)
누적 킬 포인트 랭킹 : 1위 (상위 0.01퍼센트)
최종 기여도 랭킹 : 1위 (상위 0.01퍼센트)

직책 : 사병
보유 포인트 : 28,563,442
초당 피해량 : 220,938
누적 킬 포인트 : 4,398

*최종 기여도에는 DPS(초당 피해량) 랭킹을 제외한, 누적 피해량과 회복량, 그리고 킬 포인트만이 적용됩니다.

---

누적 피해량, DPS, 킬 포인트 등 모든 공격 포인트에서 1

위를 차지한 데다, 뿍뿍이 덕에 회복량 랭킹마저 20위권 안쪽으로 들어선 이안.

뿍뿍이의 스킬 자체는 토벌대 안에 있던 어떤 사제가 가진 스킬보다도 힐량이 압도적이었다.

하지만 사용하는 모든 스킬이 힐과 관련되어 있는 상위 랭커 사제들을 앞질러 1위를 하기에는 부족한 감이 있었다.

그리고 이 정도 성적은 이안으로서도 제법 흡족한 결과였다.

'후후, 회복량 랭킹까지 최상위권으로 올라올 줄은 몰랐는데, 심연의 축복이 확실히 사기 스킬이긴 한가 보구나.'

전투 결과를 확인한 뒤 인벤토리를 정리한 이안은, 유저들을 따라 토벌대의 베이스캠프로 복귀했다.

이제는 보기만 해도 자존심 상하는 사병 D 랭크의 명패를 교환해야 할 때였다.

"큼, 크흠, 그러니까 자네, 기여도가 몇이라고?"

오늘 오전, 자신을 홀대했던 막사의 NPC의 앞에 선 그는 입을 열어 또박또박 자신의 포인트를 얘기했다.

"총 2,856만 포인트 정도네요. 이 기여도를 전부 사용하면 랭크를 어디까지 올릴 수 있죠?"

NPC는 당황한 표정으로 말을 더듬었다.

"잠시만 기다리시게……."

그리고 뭔가를 확인하던 그는 잠시 후, 뒷머리를 긁적이며 대답했다.

"2,800만 포인트를 전부 사용하면 S랭크의 '백인장' 직책까지는 가능하군."

이안은 곧바로 고개를 끄덕이며 대답했다.

"좋아요. 전부 사용하도록 하죠."

NPC가 다시 한 번 당황했다.

"저, 정말인가?"

그가 당황한 이유는 다른 것이 아니었다.

2,800만 정도의 포인트라면 골드로 전환해도 200만이 넘는 막대한 양의 골드를 얻을 수 있다.

그리고 이를 명성치로 전환하면 15만이 넘는 명성치를 획득할 수 있다.

그런데 이 포인트를 전부 직책 올리는 데 사용하겠다고 할 줄은 몰랐던 것이다.

하지만 이안의 입장에서, 200만 골드나 15만의 명성치 정도는 얻어 봐야 티도 나지 않는 미미한 양이었다.

그 푼돈(?)을 얻는 것보다, 토벌대의 직책과 등급을 최대한 올려 놓는 것이 앞으로 도움될 부분이 많으리라는 계산이었다.

그것은 지금까지 이 카일란을 해 오면서 생긴 일종의 '감' 같은 것이었다.

'직책이 높으면 보스나 네임드 몬스터를 상대할 기회도 분

명 많아질 거야.'

생각을 결정한 이안이 단호하게 대답했다.

"네, 마음 바꿀 생각 없으니, 빨리 증명패나 새로 내놔요."

"아, 알겠네."

NPC는 잠시 막사 뒤편에 있는 작은 방으로 돌아 들어가
더니, 은빛 패를 하나 가지고 나왔다.

그것은 이안이 본래 가지고 있던 후줄근한 목패보다는 확
실히 때깔이 좋은 물건이었다.

"여기 있습니다, 이안 님. 이제부터 이안 님은 S랭크의 '백
인장'이십니다."

이안이 신분패를 건네받자마자 NPC의 말투가 완전히 달
라졌다.

물론 이안은 그 이유를 잘 알고 있었다.

'후후, 같은 백인장끼리도 랭크의 차이에 따라 계급 상하
가 구분되나 보군.'

NPC의 직책도 이안과 같은 백인장이었지만, 그는 B랭크
에 불과했고 이안은 S랭크였던 것.

이안은 만족스러운 표정을 지으며, 곧바로 NPC에게 하대
했다.

"그렇군. 고마워. 그런데 내가 질문 하나 해도 될까?"

"뭐든 말씀만 하십시오."

이안의 말이 이어졌다.

"백인장의 위에는 직책이 몇 개나 더 있지?"

백인장은 사병보다 두 단계 업그레이드된 직책이었다.

사병 S랭크의 윗 단계가 십인장이었으며, 십인장 S랭크의 윗 단계가 '백인장'이었던 것.

이안은 최대 어디까지 올라갈 수 있는지가 궁금했다.

"음, 총 네 개의 직책이 있습니다. 바로 위에는 천인장이 있고, 그 위에는 대장군. 대장군의 위에는 사령과 총사령이 있습니다."

이안이 고개를 끄덕였다.

"그럼 총사령이 되기 위해서 필요한 포인트는 몇인 거지?"

NPC가 대답했다.

"3억 포인트 정도⋯⋯일 겁니다."

"음, 생각보다 많지는 않네."

3억 포인트라면, 오늘의 페이스로 십 일에서 십이 일 정도 전투하면 모을 수 있는 분량이다.

그리고 오를 수 있는 최종 직책이라는 부분을 감안하면, 이안의 입장에서는 쉬워 보일 수도 있는 난이도였다.

하지만 NPC의 말은 여기서 끝이 아니었다.

"그런데 그게 포인트만 있다고 총사령이 될 수 있는 건 아닙니다."

"음, 그럼? 뭐가 또 필요한 건데?"

"제국 황제폐하의 권위가 담긴 물건이 필요합니다. 루스

펠 제국이든 카이몬 제국이든 상관없습니다. 황제의 권능이 담긴 물건이면 됩니다. 이 차원 전쟁의 총사령이라면 그 정도의 권위는 가지고 있어야 하니까요."

"황제의 권위가 담긴 물건이라……."

그런데 그때, 갑자기 뭐가 생각난 듯, 그가 손뼉을 살짝 마주치며 말을 이었다.

"아, 그 외에도 방법이 하나 더 있네요."

"……?"

"잊힌 제국의 황제인 '전륜성왕'의 신물 같은 것도 가능합니다."

그리고 그 말을 들은 순간, 이안의 두 눈이 반짝이기 시작했다.

사흘 동안 풀타임으로 토벌대에 참여한 이안은 총 1억에 가까운 포인트를 모을 수 있고, S랭크의 천인장까지 계급을 올릴 수 있었다.

이는 북부 대륙에서는 최고의 계급이었으며, 중부 대륙에 있는 모든 토벌군까지 통틀어도 순위권을 다툴 정도로 높은 계급이었다.

며칠 늦게 토벌대에 참여한 것을 감안하면 엄청난 성과라고 할 수 있었다.

이안은 사흘간의 전투를 통해서 느끼는 바가 있었다.

'이거, 이대로 가다가는 이십 일차가 넘어가면 어떻게 될 지 모르겠어.'

마수 사냥에 도가 튼 이안은, 다른 유저들보다 난이도가 올라가는 것에 대한 체감을 정확하게 할 수 있었다.

이안이 보기에 지금의 난이도 증가폭은, 절대로 공식 홈페이지에 공지했던 수준이 아니었다.

엿새 차 정도인 지금까지야, 그래도 상대할 만한 녀석들로 마수들이 구성되어 있었다.

그러나 만약 이 페이스로 난이도가 올라간다면 이십 일 차 쯤에는 발록이 등장해도 이상하지 않을 것 같았다.

'흐음, 차라리 내가 빠르게 퀘스트를 마치고 오는 것이 좋겠어.'

그리퍼와 이리엘은 주병신보만 있으면 마계 침략군을 막아낼 수 있을 것이라고 했다.

물건의 정확한 능력은 이안이 알 수 없었지만, 지금 돌아가는 정황으로 봐서는 그 물건이 꼭 필요할 것만 같았다.

이안은 북부 대륙의 토벌대를 둘러보며 대략적인 전력을 가늠해 보았다.

'당장 내가 빠지더라도 이제 한동안은 버틸 수 있는 전력이야. 적어도 일주일 안에 유저들의 영지가 있는 곳까지 마

수들이 밀려들지는 않겠지.'

이안이 토벌군에 합류한 뒤, 북부 대륙의 토벌군도 체계가 잡히기 시작했다.

일단 유저들의 사기가 하늘을 찌를 듯이 높았으며, 이안으로부터 얻은 정보로 인해 마수들의 공격 패턴과 스킬들에 대한 지식도 다들 숙지한 상태였다.

게다가 제법 이름 있는 랭커들도 여럿 합류한 덕에, 아예 다른 집단이라고 보아도 무방할 정도로 전투력이 향상된 것이었다.

'지금 여기서 기여도를 올리고 있을 게 아니라, 빨리 전륜성왕 퀘스트를 마치고 돌아와야겠어. 기여도는 이후에 올려도 충분해.'

주병신보를 얻고, 여의주를 얻어 뿍뿍이를 어비스 드래곤으로 진화시킨다면, 지금보다도 훨씬 강력한 전력으로 마수들을 쓸어담을 수 있을 것이 분명했다.

마음을 정한 이안은, 토벌대의 부대장인 서희에게 메시지를 보냈다.

－이안 : 서희 님.

－서희 : 네, 이안 님. 무슨 일이시죠?

－이안 : 제가 내일 토벌대부터는 참여할 수 없을 것 같아서요. 토벌대장을 다시 서희 님께 드려야 할 것 같아요.

―서희 : ……네에?

―이안 : 제가 급히 마무리 지어야 할 퀘스트가 있어서…… 한 일주일 정도만 어떻게 버텨 주시면, 돌아오도록 하겠습니다.

―서희 : 으음, 가능할까요?

―이안 : 제가 처음 왔을 때보다 전력이 훨씬 강해져서 충분히 가능할 것이라고 생각합니다. 점유율이 좀 떨어지더라도 무리하지 말고 막아 주세요. 떨어진 점유율이야 다시 찾으면 되는 거니까요.

―서희 : 음…… 네, 뭐 알겠습니다. 이안 님께서 생각이 있으시겠지요.


그렇게 서희에게 인수인계를 마친 이안은, 곧바로 동부대륙을 향해 이동할 채비를 시작했다.

'퀘스트가 너무 오래 걸리면 안 될 텐데…….'

퀘스트의 내용상, 마계 몬스터 웨이브가 끝나기 전에 모든 일정이 마무리되어야만 하는 퀘스트였다.

퀘스트의 마지막에 있는 주병신보는, 마계의 침략을 막아 내기 위한 물건이었으니까.

그렇기에 이안은, 충분히 빨리 해낼 수 있는 퀘스트라고 판단하고 있었다.

'다만, 얼마나 빨리 할 수 있느냐가 문제겠지.'

이안은 로터스 영지로 돌아가 만반의 준비를 갖췄다.

각자의 임무를 주어 뿔뿔이 흩어 놨던 가신들을 전부 불러 모았으며, 소환수들의 상태도 꼼꼼히 점검한 것이었다.

퀘스트의 난이도가 난이도인 만큼 준비는 철저해야 했다.

'좋아, 이제 출발해 볼까?'

동부 대륙까지는 그리 멀지 않았기에, 차원의 마탑은 포털을 타고 이동하면 금방 도착할 수 있는 곳이었다.

이안은 쉴 틈 없이 곧바로 차원의 마탑을 향해 움직였고, 1시간도 채 걸리지 않아 도착할 수 있었다.

하지만 마탑에 도착하자마자, 예기치 못했던 난관이 이안을 기다리고 있었다.

까강- 깡-!

날카로운 쇳소리가 허공에 울려 퍼졌다.

푸욱-!

남자의 붉은 검신이 괴수의 흉부를 꿰뚫고 들어갔다.

크아아오-!

털썩-.

흉부가 꿰뚫린 괴수는 그 자리에서 쓰러졌고, 그 앞에 선 남자는 만족스런 미소를 지었다.

"휘유, 이제 최상급 마수도 별거 아니군."

놀랍게도, 그의 중얼거림처럼, 남자가 단신으로 쓰러뜨린 상대는 최상급 마수인 하이몬이었다.

전설 등급의 마수인 발록이나 데빌 드래곤보다야 훨씬 약하다.

물론 그렇다고는 해도 유저가 단신으로 잡기에는 너무도 막강한 무력을 가진 마수였다.

남자의 눈앞에 시스템 메시지가 떠올랐다.

띠링—.

—마기를 '850'만큼 획득하셨습니다.

—현재 마기량 : 39,580

—노블레스로 승급하기 위해서는 10,420만큼의 마기가 추가로 필요합니다.

남자, '이라한'의 입꼬리가 씨익 말려 올라갔다.

그는 아직까지 마계에 남아 있는, 특별한 퀘스트를 받은 몇 안 되는 유저였다.

"이 속도라면, 이주일 정도면 노블레스가 될 수도 있겠어."

노블레스가 되는 데 필요한 마기는 5만.

하지만 그것이 전부는 아니었다.

5만의 마기를 채운 뒤에는 노블레스 등급이 되기 위한 승급전을 치러야 하는 것이었다.

승급전이란, 본래 노블레스 이상의 등급인 마족과 겨루어 승리를 해야 하는 시스템이다.

하지만 승급전을 치르지 않고도 노블레스로 승급할 수 있는 다른 방법이 하나 있었다.

그것은, 서열 10위 이내의 마왕으로부터 권능을 부여받는 것이다.

말하자면 인정을 받는 것이라고 할까?

'후후, 차원 전쟁에 참여한 유저 5백 명을 죽이라고 했지?'

그리고 이라한은, 서열 10위인 파괴의 마왕 마하뮤로부터 퀘스트를 받았다.

차원 전쟁에 참여하여 5백 명 이상의 인간 유저를 사살하는 공을 세우면, 노블레스로 승급하기 위한 권능을 부여해 주겠다는 제안을 받은 것.

물론 이라한은 곧바로 수락했다.

'별 어중이떠중이들이 다 모여 있을 텐데, 5백 명이 아니라 1천 명이라도 문제없이 잡아 주지.'

물론 1:500으로 싸운다는 말은 아니었다.

그렇게 싸우면 이라한이 아니라 그 누가 와도 순식간에 묵사발이 나는 것이 당연했으니까.

그러나 마수들과 다른 마족들의 사이에 섞여서 유저 5백 명을 처치하는 것쯤은 그에게 너무도 쉬운 일이었다.

'후후, 조금만 기다려라. 5만 마기만 충족시키면, 곧바로 차원 전쟁을 위해 내려갈 테니까 말이야.'

이라한은 당장이라도 유저들과 싸우고 싶은 마음에 몸이 근질거렸다.

하지만 일단은 마수들을 사냥하기 위해 몸을 움직였다.

마기 5만을 채우기 위해서는 쉴 틈이 없었다.

차원의 마탑에 도착한 이안은, 곧바로 그리퍼를 찾았다.

하지만 마탑 어디에서도 그리퍼의 그림자조차 볼 수가 없었다.

'뭐야, 이 영감탱이는 불러 놓고 대체 어딜 간 거지?'

이안은 예전에 이리엘에게서 받았던 수정구를 꺼내어, 곧바로 그녀에게 연락했다.

'인벤토리에 자리만 차지한다고 투덜거렸던 아이템이었는데, 이렇게 또 쓰이네.'

이안이 수정구를 꺼내어 활성화시키자, 그 안에서 아름다운 엘프 여인의 얼굴이 나타났다.

물론 그녀는 이리엘이었다.

—안녕하세요, 이리엘 님.

—오, 이안 님, 어쩐 일이신가요?

—지금 차원의 마탑에 도착했는데, 그리퍼 님이 안 계셔서요. 혹시 그리퍼 님께서 그쪽에 계신가요?

—아, 준비가 전부 끝나셨나 보군요.

—네, 그렇습니다.

—그리퍼 님께서 아마 금방 그쪽으로 가실 거예요. 조금만 기다리세요.

이안이 눈을 게슴츠레 떴다.

-그리퍼 님, 아직도 거기 계신 거죠?

-아, 음, 그게……

그리고 뒤쪽에서 그리퍼의 목소리가 들려왔다.

-나 지금 바로 출발하고 있네!

-…….

마치 시간 약속에 늦은 친구가 이제 잠에서 깨었으면서 문 밖을 나서는 중인 것처럼 얘기할 때의 느낌을 받은 이안은, 한숨을 푹 쉬었다.

-빨리 오세요.

수정구를 끈 이안은, 투덜거리며 그리퍼의 작업실을 돌아 다녔다.

"으, 시간 아까워. 이럴 줄 알았으면 토벌대에서 마수 몇 마리라도 더 잡다가 출발할걸."

경험치도 경험치지만, 기여도를 1이라도 더 올릴 수 있었 다는 생각에 입맛을 다신 이안은 그리퍼의 자리에 가서 털썩 앉았다.

그리퍼의 자리 앞에 놓인 탁자는 무척이나 널찍했고, 그 위에는 갖은 잡동사니 같은 아이템들이 널브러져 있었다.

호기심 많은 이안은, 그것들을 하나하나 살펴보기 시작 했다.

"이중에 기가 막힌 아이템이 있을지도 모르잖아? 이렇게 어질러져 있는데 하나 슬쩍해도 모를 것 같기도 하고⋯⋯."

이안은 제일 먼저, 바로 앞에 놓여 있던 축구공만 한 크기
의 정육면체 큐브를 집어 들었다.

－홀드림의 큐브

'음, 홀드림이라⋯⋯. 오랜만에 보는 이름이네. 그래도 저
이름이 붙어 있는 거면, 꽤나 높은 등급의 잡템이겠지?'

이안은 아이템의 정보를 열어 보았다.

띠링－.

## 홀드림의 큐브

**분류** : 잡화                          **등급** : 전설

고대의 군주 홀드림이 사용하던 아티팩트인 신비한 큐브이다.
이 큐브 안에 특정 재료를 담으면, 희귀하고 강력한 포션을 만들어 낼
수 있다.

*현재까지 이 큐브로 만들어 내는 데 성공한 아이템

－완전 회복의 물약

－파워 업의 물약

－파괴력 강화 물약

*홀드림의 권능이 담긴 신비한 큐브입니다.

이안은 흥미로운 표정으로 홀드림의 큐브를 만지작거렸다.

'이거 진짜 괜찮은 아이템이잖아? 좀 탐나는데?'

아이템 설명에 쓰여 있는 '완전 회복의 물약'은, 말 그대로
모든 생명력과 소모값들을 전부 MAX로 채워 주는 물약이
었다.

전투 중에 한두 개만 가지고 있어도 무척이나 든든한 최고의 회복 포션.

하지만 완전 회복의 물약은 조금 비싸지만 경매장에서도 구할 수 있는 아이템이었고, 그 아래에 보이는 포션들에 더욱 눈길이 갔다.

'파괴력 강화 물약은 공격력을 영구적으로 3인가 증가시켜 주는 포션으로 알고 있는데, 저 파워 업의 물약은 뭘까?'

그 아래 줄줄이 써 있는 포션들도 한눈에 엄청나게 좋아 보였다.

이안은 잠시 동안 큐브를 살펴보다가 조심스레 탁자에 내려놓았다.

'그리퍼가 오기 전에 여기 있는 물건들 싹 다 한번 봐야겠어. 그리고 진짜 마음에 드는 거 있으면 하나 달라고 해야지. 조르면 하나 정돈 줄지도 몰라.'

NPC의 물건을 강탈할 생각에 신이 난 이안은, 그리퍼의 다른 잡동사니들도 하나하나 열어 보기 시작했다.

"음, 이건 진짜 당장 버려야 될 아이템처럼 보이는데, 이런 것도 가지고 있네?"

정말 겉으로 보기에 아무 짝에도 쓸모없어 보이는 나무 막대기까지, 눈앞에 들고 꼼꼼히 살피는 이안이었다.

그렇게 20여 분 정도가 지났을까?

이안의 눈에 신기하게 생긴 물건이 들어왔다.

'뭐지, 이건? 모양이 변하는 보석이라니······.'

이안은 탁자 옆에 놓여 있던 커다란 보석을 집어 들었다.

밝을 보랏빛이 은은하게 흘러나오는 보석은, 특이하게도 그 모양이 계속해서 변하고 있었다.

정확히 말하자면 모양이 변한다기 보다는, 보석의 결이 변한다고 해야 할까?

전체적인 실루엣은 둥근 구체에 가까운 보석이었는데, 그 표면의 패턴이 계속해서 변하고 있었던 것.

이안은 기대감 어린 표정으로, 아이템의 정보 창을 열어 보았다.

띠링-.

## 차원 마력 충전기

**분류 : 잡화**                    **등급 : ?**

차원의 마도사 그리퍼가, 수백 년간의 연구 끝에 개발해 낸 차원 마력 충전기이다.

이 차원 마력 충전기를 사용하면, 차원의 마도사가 아니더라도 차원 마력으로 작동하는 물건을 작동시킬 수 있다.

*이 물건을 지니고 있으면, 모든 스킬의 재사용 대기 시간이 5퍼센트만큼 감소합니다.

(소환수나 가신의 고유 능력에는 적용되지 않습니다.)

*차원 마력 충전기로 작동 가능한 아이템 목록

-차원의 구슬

-차원 마력 지팡이

-차원 마력 실드

*그리퍼가 자신의 아티팩트들 중, 가장 아끼는 물건입니다.

아이템 정보 창을 읽어 내려갈수록, 이안의 눈이 더욱 반짝이기 시작했다.

'오, 이거 물건인데?'

그리고 차원 마력 충전기로 '작동 가능한 아이템 목록'에 눈을 돌린 순간, 이안의 시선이 그곳에 고정되었다.

그 목록 맨위에서, 무척이나 낯이 익은 아이템을 발견했기 때문이었다.

"차원의 구슬?"

이안은 그 이름을 보자마자 곧바로 인벤토리를 열었다.

열흘 전쯤, 그리퍼에게서 받았던 작은 구슬 하나가 생각난 것이었다.

그리고 그것을 꺼내 들어 정보를 확인한 순간, 이안은 이 구슬이 바로 차원 마력 충전기 정보 창에 쓰여 있는 차원의 구슬과 같은 물건임을 깨달을 수 있었다.

'이거다, 이거야!'

이안은 오른손으로 차원의 구슬을 든 채, 왼손으로 다시 차원 마력 충전기를 집어 들었다.

그리고 그 순간, 이안의 눈앞에 시스템 메시지가 한 줄 떠올랐다.

잊힌 제국을 찾아서  67

띠링-.

-'차원의 구슬'아이템의 사용 조건을 충족시키셨습니다.

-'차원의 구슬'아이템의 봉인이 해제됩니다.

-아이템 정보 창을 확인해 주세요.

"역시……!"

이안은 곧바로 차원의 구슬의 아이템 정보 창을 열어 보았다.

처음 받았을 때는 그저 특정 조건을 충족해야만 작동시킬 수 있다고 간단히 쓰여 있었지만, 이제는 그 정보 창이 두 배 이상 길게 늘어나 있었다.

---

### 차원의 구슬

**분류 :** 잡화          **등급 :** 전설

**차원 마력 충전량 :** 0/1,000

차원 마력 1당 1,000미터의 거리를 순간 이동할 수 있다. 지도에 원하는 좌표를 찍으면 그 위치로 포털이 열리며, 포털은 2분 동안 지속된다. 만약 1천의 차원 마력을 전부 채운 상태라면, 모든 차원 마력을 소모하여 다른 차원계로도 이동이 가능하다.

(재사용 대기 시간 : 1,200분)

*사용자가 한번이라도 가 본 위치로만 포털을 생성할 수 있습니다.

*전투 중에는 포털을 생성할 수 없습니다.

* '차원의 마도사' 클래스의 유저는 자신의 차원 마력을 이용해 아이템을 충전할 수 있으며, '차원의 마도사' 클래스가 아닌 유저는, '차원 마력 충전기' 아이템을 사용해야만 마력을 충전할 수 있습니다.

*'유저' 이안'에게 귀속된 아이템입니다.

'탐난다. 가지고 싶어⋯⋯.'

이안은 차원 마력 충전기를 한 손에 든 채, 입맛을 다셨다.

'이거, 달라고 하면 주려나?'

그리퍼와 이안의 친밀도는 더 올릴 수가 없을 정도로 최상인 상태.

어지간한 아이템은 친밀도가 좀 깎이더라도 얻을 수 있을 것처럼 보였지만, 이 아이템은 왠지 힘들 것만 같았다.

차원 마력 충전기 아이템 설명 맨아래에 있는, '그리퍼가 가장 아끼는 물건입니다.'라는 부분이 왠지 걸린 것이다.

'흐으, 그래도 달라고는 한번 해 봐야지.'

이안은 아쉬운 표정을 지으며, 손에 들고 있던 차원 마력 충전기를 다시 탁자에 올려놓았다.

그러자 이안의 눈앞에 시스템 메시지가 떠올랐다.

–'차원의 구슬' 아이템의 사용 조건을 충족시키지 못하셨습니다.

–아이템이 봉인됩니다.

"쿵."

이안은 차원 마력 충전기에 미련이 남는지 힐끔힐끔 보다가 다른 곳으로 시선을 돌렸다.

그리퍼의 작업실에는 정말 수많은 잡동사니들이 있었기에, 이안은 아직 절반도 채 확인하지 못한 상태였다.

그런데 그때, 작업실의 한복판에서부터 낮은 공명음이 일기 시작했다.

웅― 우웅―!

이안의 시선은 자동으로 그쪽으로 돌아갔고, 그곳에는 푸른빛이 맺히기 시작하더니 포털이 하나 생성되었다.

그리고 그 포털 안에서 그리퍼가 헐레벌떡 뛰쳐나왔다.

"휘유, 바로 온다고 왔는데 오래 기다렸는가?"

그리퍼에게서 얻어 내야 하는 게 있는 이안은, 최대한 밝은 목소리로 대답했다.

"아, 아뇨. 이 정도야 뭐 기다린 거라고 할 수도 없죠. 정말 금방 오셨네요."

이안이 활짝 웃으며 말하자, 그리퍼 또한 덩달아 밝아진 표정으로 입을 열었다.

"크허험, 그렇지? 그래, 내가 자네 기다릴까 봐서 정말 서둘러 왔다고, 허헛."

잠시 뜸을 들인 그리퍼가 이안을 향해 본론을 꺼내었다.

"어쨌든 여기 왔다는 건, 이제 고대의 마우리아 제국으로 가기 위한 자네의 준비가 모두 끝났다는 것이겠지?"

이안이 선선히 고개를 끄덕였다.

"그렇습니다. 차원 전쟁에 며칠 참여하고 보니, 전륜성왕의 신물이라는 게 꼭 필요하겠더라고요."

이안의 말에, 그리퍼는 흡족한 표정을 지었다.

"크흠, 역시……! 이안 자네는 이해도 빠르고, 행동도 빨라서 좋아. 옳은 선택일세."

말을 마친 그리퍼는, 한 손을 펼쳐 허공을 향해 내밀었다.

그러자 허공에는 둥그런 구슬 하나가 떠올랐다.

"이제, 내가 고대 마우리아 제국으로 이동할 수 있는 차원문을 열어 줄 걸세. 차원문을 여는 것 말고 내게 도움이 필요한 것이 혹시 있는가?"

이안은 원래, 퀘스트를 전부 마치고 돌아와서 그리퍼의 자신에 대한 호감도가 최고일 때 차원 마력 충전기를 달라고 해 볼 생각이었다.

하지만 이렇게 그리퍼 스스로가 말을 꺼낼 기회를 줬다면, 그것을 놓칠 이유는 없었다.

"네, 그리퍼 님, 제가 부탁 하나만 해도 될까요?"

"흐음, 말해 보시게. 내가 들어줄 수 있는 부탁이라면 얼마든지……!"

기다렸다는 듯 말하는 이안을 보며, 그리퍼는 살짝 당황했다.

하지만 이안과의 친밀도가 워낙 높았기 때문에 곧바로 흔쾌히 고개를 끄덕였다.

이안은 슬쩍 탁자를 향해 다가가며, 차원 마력 충전기를 가리켰다.

"혹시 저 물건…… 제게 주실 수 있나요?"

그리고 그 순간, 그리퍼의 동공이 가늘게 떨렸다.

"저 물건이라니? 뭘 말하는 건가? 정확히 짚어 주시게."

그리퍼의 말에, 이안은 차원 마력 충전기를 덥석 집어 들어 그의 눈앞으로 가지고 왔다.

　　"이 물건요. 이게 필요할 것 같아요. 그리퍼 님이 저번에 제게 주신 차원의 구슬 있잖아요? 이 물건만 있으면 그 구슬을 사용할 수 있더라고요."

　　"허, 허헛……."

　　그리퍼는 땀을 삐질삐질 흘리며 난처한 표정이 되었다.

　　"차원 마력 충전기에 대한 것은 어떻게 알았는가? 나는 말해 준 적이 없는 것 같네만……."

　　이안이 적절히 거짓을 섞어서 대답했다.

　　"제 구슬이 이 물건의 근처로 가니까 반응하더라고요. 그래서 알게 됐습니다."

　　그리퍼가 헛기침을 하며 대답했다.

　　"크흠, 그렇군."

　　이안은 슬쩍 그리퍼의 눈치를 봤다.

　　'이 정도면, 잘하면 넘어올 수도 있겠는데?'

　　절대로 줄 수 없는 물건이었다면, 이렇듯 고민을 하지도 않았으리라.

　　'그렇다면 부정적인 쪽으로 생각이 굳어지기 전에 빨리 마음을 돌려야 해.'

　　이안은 뭔가 그리퍼가 혹할 만한 제안을 제시해야 한다고 생각했다.

그리퍼의 부탁을 무상으로 한 번 들어주더라도, 이 물건을 얻을 수만 있다면 남는 장사라고 생각했다.

이안이 재빨리 그리퍼를 향해 말했다.

"그리퍼 님, 설마 제가 염치없이 이 물건을 그냥 달라고 하겠습니까?"

그리퍼의 표정이 살짝 밝아졌다.

"오호, 그럼 자네도 내게 뭔가 줄 것이 있는 겐가?"

이안은 열심히 머리를 굴렸다.

'지금 나한테 그리퍼가 혹할 만한 물건이 있을까?'

이안은 기억을 꼼꼼히 되짚어 보았다.

그간 수많은 마수들과 몬스터들을 사냥하고 퀘스트를 진행하면서, 분명 그리퍼의 흥미를 끌 만한 물건 하나쯤은 얻은 적이 있을 것 같았다.

그리고 1분 정도를 생각한 끝에, 이안은 한 가지 물건을 생각해 낼 수 있었다.

'맞아, 그게 있었지!'

이안은 인벤토리 구석에 박혀 있는, 계륵과도 같은 아이템이 하나 떠올랐다.

'소환마로 최초 전직하면서 받았던 이상한 알! 그걸 그리퍼에게 넘겨야겠어.'

그리퍼는 뭔가 베일에 싸인 존재에 대해 탐구하는 것을 무척이나 좋아했다.

그리고 그런 그리퍼에게, 이안이 가진 '알 수 없는 마수의 알'은 무척이나 흥미로운 물건일 것이었다.

'거기서 뭔가 엄청난 마수가 튀어나온다면 배가 아파서 쓰러질 것 같기도 하지만, 지금으로선 정말 아무 짝에도 쓸모없는 물건이잖아?'

소환수의 알은, 보통 같은 종의 모체가 되는 소환수가 품어 주거나 특정 조건을 충족시킬 때 깨어난다.

한데 이 '알 수 없는 마수의 알'이라는 물건은, 이안이 틈날 때마다 부화시킬 방법을 찾아보려 했음에도 아무런 단서조차 잡을 수가 없었다.

일단 어떤 마수의 알인지라도 알아야 부화에 대한 단서를 찾아볼 텐데, 정말 이름 그대로 어떤 마수의 알인지조차 알 길이 없는 그런 알이었기 때문이었다.

마음을 굳힌 이안이, 인벤토리 안에서 '알 수 없는 마수의 알' 아이템을 꺼내어 들었다.

"그리퍼 님, 제가 마계 50구역에 있는 전설 등급의 마수들과 싸우면서, 힘들게 얻은 아이템 중의 하납니다. 이 알을 그리퍼 님께 드릴까 하는데…… 어떠세요?"

말을 하며 이안은 그리퍼의 눈치를 다시 살폈다. 과장을 조금 섞은 게 찔린 탓이었다.

'전설 등급의 마수를 사냥해서 얻은 알은 아니지만, 마계 50구역까지 간 것도 맞고, 전설 등급의 마수를 사냥했던 것

도 맞으니까, 거짓말은 아니잖아?'

그렇게 자기합리화를 한 이안은, 그리퍼에게 알을 내밀었다.

그리고 그리퍼의 시선은, 이미 이안이 내민 알 수 없는 마수의 알에 고정되어 움직일 줄을 몰랐다.

"호오, 이것은…… 한 눈에 봐도 무척이나 희귀한 물건이군!"

그리퍼의 감탄사에 이안이 고개를 끄덕이며 속으로 중얼거렸다.

'그치, 엄청나게 희귀한 물건이긴 하지. 최초로 마수 연성술사가 된 유저에게만 지급되는 물건이니까 말이야.'

이안에게서 알을 받아든 그리퍼는, 그것을 요리조리 살피며, 열심히 탐구하기 시작했다.

"크으, 이 매끈하고 불그스름한 질감 하며, 안에서 은은히 새어나오는 빛까지……. 부화만 시키면 정말 엄청난 마수가 나올 것도 같군."

그리퍼의 중얼거림에 이안의 손이 가늘게 떨려 오기 시작했다.

'호, 혹시 정말 엄청난 전설 등급의 마수라도 안에 들어 있는 건 아니겠지?'

그리퍼의 한마디에 바로 흔들리는, 팔랑귀 이안이었다.

그러나 이안은 마음을 굳게 다잡았다.

'아냐, 그렇게 쉽게 얻은 아이템이 막 그렇게 어마어마한 아이템일 리 없어.'

차원 마력 충전기 쪽으로 마음을 굳힌 이안은, 자신의 알에 흥미를 보이는 그리퍼를 향해 빠르게 쐐기를 박기 위해 입을 열었다.

"제 생각에도 확실히 엄청난 마수가 들어 있을 것 같은 알이었습니다."

그리퍼가 물었다.

"그런데 이걸 나에게 줘도 되겠는가?"

이안이 뒷머리를 긁적이며 대답했다.

"저도 아깝긴 하지만, 제 능력으로는 어떻게 부화시켜야 할지 도무지 알 수 없더라고요. 그래서 대현자이신 그리퍼 님이라면 이 알을 부화시키실 수 있을 것 같아서……."

'대현자'라는 말에 그리퍼의 광대가 승천하기 시작했다.

"흠, 음핫핫, 대현자라니. 아닐세, 내게 과분한 말이야, 허헛."

이안의 아부 신공이 연달아 발동되었다.

"아닙니다. 일전에 고대의 소환수들을 복원시킬 때도, 전설의 소환수인 그리핀을 부화시킬 때도 그리퍼 님의 지혜 덕에 가능하지 않았습니까? 저는 그리퍼 님만이 이 신비한 알을 부화시킬 수 있다고 생각하고 있습니다."

기분이 무척이나 좋아진 그리퍼는, 싱글싱글 웃으며 탁자에 놓여 있던 차원 마력 충전기를 집어 들었다.

그리고 드디어, 이안이 기다렸던 말을 내뱉었다.

"좋아. 자네가 이렇게 귀한 물건까지 내 능력을 믿고 맡긴다는데 차원 마력 충전기 정도는 줄 수 있지. 오랜 세월 동안 공들여 만들어 낸 물건이기는 하지만, 한번 만들어 본 이상 다시 제작하는 건 더 쉬울 테니까."

이안은 그리퍼가 내민 차원 마력 충전기를 냉큼 집어 들었다.

그러자 이안의 시야에 몇 줄의 시스템 메시지가 주르륵 하고 떠올랐다.

-차원의 마도사 '그리퍼'에게, '알 수 없는 마수의 알' 아이템을 건네었습니다.

-차원의 마도사 '그리퍼'로부터, '차원 마력 충전기' 아이템을 양도받았습니다.

-'차원의 구슬' 아이템의 사용 조건이 충족되었습니다.

-아이템이 봉인이 해제됩니다.

-차원의 마도사 '그리퍼'가 아이템 교환을 무척이나 흡족해합니다.

-'그리퍼'의 친밀도가 5만큼 상승합니다.

이안은 묘한 표정이 되었다.

'뭐야, 그리퍼의 친밀도가 더 오를 게 남아 있었어?'

NPC와의 친밀도는, 대상 NPC의 정보 창을 열거나 해서 확인할 수는 없는 스탯이었다.

아무런 교류가 없는 NPC와의 기본 친밀도가 50으로 설정되어 있다는 사실과, 지금까지 추가로 오른 친밀도들을 기억해서 현재의 친밀도를 추정할 수밖에 없는 시스템이었다.

　하지만 이안은 그리퍼와의 친밀도가 언제 어떻게 올랐었는지 정확히 기억했고, 그 기억에 의하면……

　'오늘 오른 친밀도까지 해서 정확히 105포인트네.'

　그리퍼와의 친밀도가 100을 넘어선 것이었다.

　'친밀도는 100이 되면 더 이상 오르지 않는 구조인 줄 알았는데.'

　어쨌든 목적을 달성한 이안은, 새로운 정보를 머릿속에 입력한 후 그리퍼를 향해 밝게 웃어 보였다.

　"잘 쓰도록 하겠습니다, 그리퍼 님. 이 차원 마력 충전기가 있다면, 전륜성왕의 신물을 찾는 데도 훨씬 큰 도움이 될 것 같아요."

　그리퍼도 흡족한 미소를 지으며 대답했다.

　"후훗, 나도 자네에게 그 물건을 줄 수 있어서 뿌듯하구먼. 사실 힘들게 만들어 낸 발명품인데, 내게는 큰 쓸모가 없던 아이템이었거든."

　이안과 그리퍼는, 그 뒤로도 짧게 몇 마디를 더 나눈 뒤 퀘스트를 진행하기 시작했다.

　그리퍼는 자신이 타고 들어온 작업실 중앙의 포털을 닫고, 새로운 포털을 오픈했다.

그것은 바로, 고대 마우리아 제국으로 이동할 수 있는 차원의 포털이었다.

'자, 그럼 이제 한번 들어가 볼까?'

이안의 입꼬리가 씨익 말려 올라갔다.

이제는 전륜성왕을 만나러 가야 할 시간이었다.

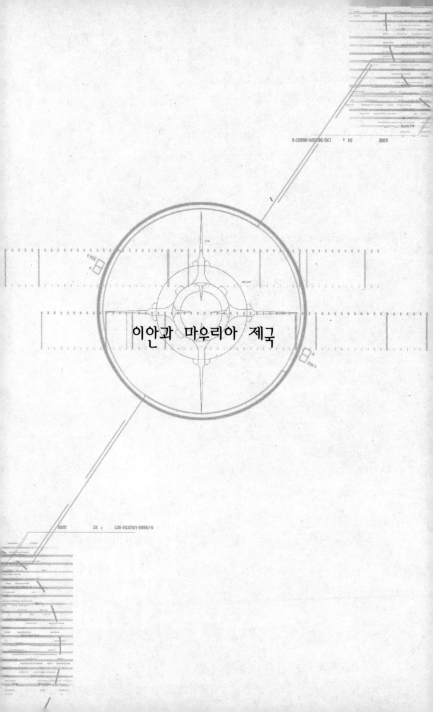

이안과 마우리아 제국

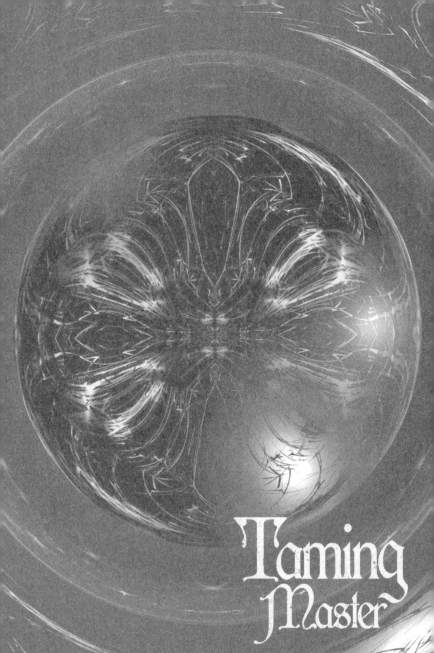

Taming
Master

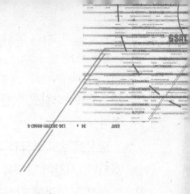

이라한은 모든 이들 중 최초로 '진마'로 종족 변환을 하는데 성공한 유저였다.

그리고 그로 인해 막대한 이점과 전투 능력을 얻게 되었다.

마족만이 가질 수 있는 권능이나 능력치 등이 그 예이다.

쉽게 말해 원래 랭커였던 캐릭터에 10~20퍼센트 정도의 버프가 걸린 것이다.

얼핏 보기에 별로 많지 않아 보이는 수치였지만, 그게 실상 따지고 보면 그렇지 않다.

레벨 200짜리 유저가 240레벨 정도의 능력을 갖게 된 것이나 다름없었으니까.

이 정도의 이점은, 이라한이 지금까지 열심히 숙련도를 올

려온 모든 스킬들과 클래스를 포기할 정도로 매력적인 것이
었다.

당장에는 숙련도와 스킬들이 초기화된 탓에 전보다 약하
겠지만, 시간이 갈수록 점점 더 강해질 게 분명했으니까.

어쨌든 이렇게 강해진 이라한은, 자기 혼자 이 꿀을 빨고
싶었다.

'내가 어떻게 해서 얻어 낸 히든피스인데…… 이걸 다른
유저들과 쉽게 공유할 수 없지.'

그래서 그가 차일피일 미루고 있었던 퀘스트가 하나 있
었다.

그것은 바로 이라한이 진마가 되자마자 마왕 마하뮤에게
받았던 '마령의 탄생' 퀘스트.

이 퀘스트는 크게 어려운 것이 아니었고 보상 또한 괜찮았
지만, 한 가지 문제가 있었다.

'마령의 탄생' 퀘스트가 완료되는 순간, 일반 유저들에게
도 '진마'가 될 기회가 생기는 것이었다.

퀘스트 내용에 의하면, 이라한이 마령의 탄생 퀘스트를 완
료하는 순간 중부 대륙 북쪽 끝에 있는 마신의 탑이 일정 기
간 활성화된다.

그리고 여기에 가면 모든 유저들이 '진마'가 될 수 있는 퀘
스트를 받을 기회를 갖게 된다고 했다.

물론 최초의 진마인 자신만큼 많은 이득을 얻을 수는 없겠

지만, 그래도 이라한은 그것이 마음에 들지 않았다.

'내가 최대한 빨아먹을 걸 다 빨아먹은 다음에, 퀘스트를 완료해야겠어.'

하지만 이라한이 한 가지 생각 못 한 부분이 있었다.

그것은 '진마'가 된 유저가 이라한 한 사람이 아니라는 사실이었다.

-유저 세이쿤이 '마령의 탄생' 퀘스트를 완료했습니다.

-보유 중이었던 '마령의 탄생' 퀘스트가 소멸됩니다.

-'마령의 탄생' 퀘스트를 클리어하는 데 실패하셨습니다.

-마왕 '마하뮤'와의 친밀도가 10만큼 하락합니다.

이라한의 얼굴이 사색이 되었다.

'뭐야? 나 말고 또 진마가 있었어?'

시스템 메시지가 추가로 줄줄이 떠올랐다.

이번에는 이라한뿐 아니라 모든 카일란 유저에게 동시에 떠오르는 월드 메시지였다.

-'마령의 탄생' 퀘스트가 완료되어, 중부 대륙의 히피아 계곡에 숨겨져 있던 '마신의 탑'이 활성화됩니다.

-'마신의 탑'이 활성화되어, 이제부터 신규 캐릭터 생성시 '마족'으로 종족 선택이 가능해집니다.

-이제부터 한 달 간, '마신의 탑'에 가면 '진마'로 종족 변환을 할 수 있게 해 주는 퀘스트를 부여받을 수 있습니다.

월드 메시지가 연이어 떠올랐고, 그것을 읽어 내려가는 이라한의 표정은 점점 더 구겨져 갔다.

'젠장, 보상을 내가 챙겼어야 했는데……!'

퀘스트 실패로 인해 10포인트나 떨어져 버린 마왕 마하뮤와의 친밀도부터 시작해서, 퀘스트를 완료했다면 얻을 수 있었던 수십만이 넘는 명성치, 거기에 마족 전용의 강력한 무기까지.

그 모든 것을 잃어버린 이라한이 입술을 깨물며 부르르 떨었다.

"제기라알!"

하지만 이미 손을 떠나 버린 퀘스트를 다시 붙들어 올 수도 없는 노릇이었고, 지금 그가 할 수 있는 것은 다른 '진마'의 퀘스트들을 가장 빨리 클리어하는 것뿐이었다.

'후우, 경쟁자가 있었단 말이지? 조금 더 사냥에 템포를 올려야겠어.'

이라한은 서둘러 자신의 검을 집어 들고는 사냥터를 향해 걸음을 옮겼다.

그는 빠르게 마기 목표치를 달성한 뒤, 차원 전쟁에 합류해서 이 손해를 회복해야 한다고 생각했다.

"아니, 마신의 탑은 대체 왜 이제야 열린 겁니까?"

널따란 LB사의 기획 팀 전용 회의실.

LB사는 다른 게임사들보다 게임 기획에 무척이나 투자를 많이 하는 회사였다.

20층이 넘는 고층 빌딩인 LB사의 건물 중에, 한 개의 층이 온전히 기획 팀으로 이루어져 있었고 수백 명이 넘는 기획자들이 카일란만을 붙들고 있는 수준이었다.

사실 이 정도의 규모가 되었으니, 이렇듯 방대한 게임이 기획된 것이리라.

"휘유, 박 팀장님. 진짜 이 부분은 우리도 미처 생각지 못했었네요. 유저가 퀘스트를 받아 놓고 일부러 클리어를 미룰 줄은 말이죠."

'마계'라는 새로운 콘텐츠가 등장함과 동시에, 얼마 지나지 않아 '차원 전쟁' 이벤트가 시작되었다.

사실 LB사의 기획 팀은, 이 차원 전쟁을 통해 '마족'이라는 새로운 종족을 추가할 예정이었다.

그 종족이 추가되는 과정은 유저들이 퀘스트를 풀어 나가면서 진행되어야 하는 것이었고, 이라한이 최초의 진마가 되었을 때까지만 해도 그들의 설계대로 게임이 흘러가는 듯 보였다.

밸런스 기획 팀의 박윤성 팀장은, 자신의 앞에 놓여 있는 서류를 들춰 보며 속으로 중얼거렸다.

'원래대로였다면, 지금쯤 유저들 중에 많은 인원이 마족이 되기 위해서 퀘스트를 진행하기 시작했어야 해. 종족을 마족으로 선택해서 캐릭터 생성을 한 신규 유저도 제법 생겼어야 하고.'

한두 마디로 모든 것을 설명할 수는 없었지만, '마족'은 인간 종족이 갖지 못한 것을 가지고 있었으며, 반대로 인간 종족이 갖고 있는 부분을 갖지 못했다.

쉽게 말해 장단점이 있다는 이야기.

LB사의 기획 팀에서는, 인간과 마족, 그리고 반마가 중부 대륙에 공존하며 서로 세력 싸움을 시작하는 구도가 만들어지기를 원했다.

그러기 위해서는, 차원 전쟁이 진행되는 동안 마족을 플레이하는 유저들의 숫자부터가 빠르게 늘어나야만 했다.

신규 종족이 생겨 봐야 기존의 종족의 점유율이 너무 압도적으로 높다면, 새로운 종족의 매리트가 많이 죽어 버리게 되기 때문이다.

거기에 이 밸런스가 맞기 위해서는, 몬스터 웨이브를 빙자한 이 차원 전쟁이, 무조건 마족들의 승리로 돌아가야만 했다.

밸런스 기획 팀을 맡고 있는 박 팀장이 생각하는 최소한의 마족 비율은 30퍼센트 정도였다.

유저들 중 최소 30퍼센트 정도가 마족으로 돌아서야만 한다는 뜻이었다.

이 모든 계획이 맞물려 돌아가야만 기획 팀에서 기획했던 대로의 그림이 만들어지게 되는 것.

하지만 몇 가지 변수가 LB사의 계획을 모조리 헝클어 놓고 말았다.

"이라한인지 뭔지, 그 욕심 많은 놈이 자기 혼자 진마 퀘스트를 독식하려고 해서 생겨난 일 아닙니까. 이 정도는 예측했어야죠."

박윤성의 짜증 섞인 말에, 그의 앞에 마주앉아 있던 김의환 대리가 한숨을 푹 쉬며 변명했다.

"사실 가능성이 아예 없다고 생각한 건 아닙니다."

"그래요?"

"예, 그래서 많은 사람들의 반대에도 불구하고 차원 전쟁 오픈하기 직전에, 부랴부랴 몬스터 웨이브의 난이도를 상향 조정했었던 거고요."

"흐음……."

"그런데 변수가 이라한인지 뭔지 하는 유저뿐만이 아니라는 게 문젭니다."

"음……?"

회의실 안에 모여 있던 기획 부서의 모든 팀장을 비롯한 사원들이, 김의환 대리의 다음 말을 기다렸다.

"휘유…… 항상 기획 팀의 골칫거리가 하나 있지 않습니까? '그 녀석'이 또 엄청난 변수가 되어 버렸습니다."

그러자 회의실 여기저기서 탄식이 흘러나왔다.

"아니, 그 녀석이 또 내가 모르는 사이에 뭔 짓을 한 거야?"

"후우, 걔는 좀 어떻게 게임 좀 못 하게 할 수 없어?"

아무도 '그'의 이름을 언급하지는 않았지만, 이 회의실 안에 있는 모두가 '그'가 지칭하는 유저의 아이디를 알고 있었다.

물론 '그'의 정체는 이안이었다.

언제부턴가 기획 팀에서는, '이안'이라는 단어가 거의 금기어가 되다시피 했다.

'이안'이라고 하면 거의 곧바로 '야근'이라는 말이 연관되어 떠오를 정도가 되어 버렸으니까.

김의환 대리가 말을 이었다.

"제가 회의실 올라오기 직전까지 모니터링을 했거든요. 그런데 바로 30분 전쯤에, 그 녀석이 '마우리아 제국'으로 차원 이동을 하는 것까지 확인하고 올라왔습니다."

또다시 여기저기서 탄식이 새어나왔다.

"허어, 미친……."

"뭐야, 거기 지금 개발 팀에서 개발은 끝낸 동네야?"

"지난번 마계 테스트 구역이 뚫렸던 거랑 같은 상황이 나오는 건 아니겠지?"

여기저기서 우려 섞인 목소리가 흘러 나왔고, 김의환 대리의 말이 다시 이어졌다.

"예, 다행히도 그런 건 아닙니다. '그'는 개발 팀 쪽에서도 주시하고 있었으니까요. 덕분에 개발 팀이 거의 일주일 동안 야근을 했다고 하긴 하더군요."

"……."

"허허, 그런 불미스러운 일이……."

장내가 다시 잠잠해지자, 김의환의 말이 이어졌다.

"어쨌든 결론부터 말하자면, 이 차원 전쟁이 다시 한 번 인간 종족의 승리로 끝나 버릴 확률이 높아지고 있다는 얘깁니다. 우리의 기획 의도와는 다르게 말이지요."

회의실 구석에서 누군가가 손을 번쩍 들며 말했다.

"저기, 그게 어떻게 가능한 겁니까? 설마 그놈이 '주병신보'와 '어비스 드래곤'을 몬스터 웨이브가 끝나기 전에 얻을 수 있다고 보시는 겁니까?"

김의환이 쓴웃음을 지으며 천천히 고개를 끄덕였다.

"그렇습니다. 지금 그의 페이스로 봐서는 빠르면 이십삼 일에서 이십사 일 차, 늦어도 이십팔 일 차 정도에는 모든 신물을 얻어서 중부 대륙으로 향하게 될 것 같더군요."

"맙소사……."

누군가의 입에서 나온 한마디.

그리고 그 한마디는, 이 안에 있는 모든 이들의 심정을 대변하고 있었다.

몬스터 웨이브는, 원래 유저들이 막아서는 안 되는 이벤트였으니까.

인간 종족은 차원 전쟁에서 패배해야 했고, 한발 늦게 완성된 신물과 신룡들의 힘으로 마족들과 인간들의 균형을 맞추는 게 원래의 기획 의도였던 것이다.

잠시 동안 흐르던 적막을 깨고, 누군가의 목소리가 흘러나왔다.

"확실히 김 대리님의 말대로 이라한만의 문제는 아니었군요. 여러 변수가 맞물려서 또 이런 생각지도 못한 상황이 만들어진 거네요."

김의환이 간결하게 대답했다.

"그렇습니다."

"그럼 지금 우리가 할 수 있는 건 뭘까요?"

그의 말에 김의환이 주변을 둘러보며 입을 열었다.

"선택지는 두 개가 있습니다, 여러분."

모두는 아무 말 없이 그의 다음 말만을 기다렸고, 김의환의 말이 천천히 이어졌다.

"첫 번째는 열심히 기도를 하는 겁니다. 퀘스트 도중에 이안이 실수하라고 말이지요. 아니면 누군가 이안의 집 주소를 알아내서, 결정적인 순간에 차단기를 내리는 겁니다. 아무리 이안이라도 사망 패널티를 받고 난다면 한 달 안에 퀘스트를 클리어할 수는 없을 테니까요."

내용 자체는 거의 농담에 가까운 말이었지만, 아무도 웃거나 화를 내지 않았다.

그만큼 그들에게는 진지한 하나의 선택지로 들렸던 것이다.

"그리고 두 번째는…… 지금 당장 우리들의 자리로 돌아가서 자연스럽게 마족의 세력을 키워 줄 수 있는 새로운 콘텐츠를 만들기 시작하는 겁니다. 물론 야근은…… 필수겠죠."

기획부서 소속의 모든 인원들에게는, 마치 사형 선고처럼 느껴지는 한마디였다.

띠링-.

-수미사주須彌四洲의 네 번째 섬, 남섬부주南贍部洲에 입장하였습니다.

-마우리아 제국의 영토에 입장하셨습니다.

-마우리아 제국의 시민권을 가지고 있지 않으므로, 모든 NPC들과의 친밀도가 20만큼 감소합니다.

-NPC와의 친밀도가 50 이하인 상태에서는, 약간의 실수로도 NPC가 적대적으로 돌변할 수 있으니 조심해야 합니다.

시스템 메시지를 읽어 내려가던 이안은, 오랜만에 설레는 감정을 느꼈다.

'뭔가 흥미로운 콘텐츠가 많을 것 같은 동네야.'

이안은 지금까지 공부와는 거리가 먼 인생을 살아 왔다.

당연히 인도 고대의 제국인 마우리아 제국에 대해서는 전혀 알지 못했으며, 마우리아 제국의 3대 황제인 아소카왕이 속세의 '전륜성왕'이라고 불린다는 사실 또한 알지 못했다.

하지만 이안이 어릴 적부터 유일하게 읽은 '활자'랄 만한 것이 하나 있었는데, 그것은 바로 고대의 각종 신화와 설화였다.

그리고 서유기를 무척이나 재밌게 읽은 기억이 있는 이안에게 '남섬부주'는 낯설지 않은 이름이었다.

'서유기의 세계관과 비슷한 건가? 손오공이라도 만날 수 있으면 재밌겠어.'

흥얼거리며 주변의 풍경을 둘러보던 이안의 눈앞에, 기다렸던 시스템 메시지가 추가로 떠올랐다.

-최초로 '남섬부주'를 발견하셨습니다.

-명성치가 15만 만큼 증가합니다.

-모든 남섬부주의 거주민들에 대한 친밀도의 기본치가 5포인트만큼 상승합니다.

-지금부터 일주일 동안, 남섬부주에서 획득하는 모든 경험치가 두 배 상승합니다. (남은 시간 : 167:23:59)

-지금부터 일주일 동안, 남섬부주에 있는 보스 몬스터에게서, 몬스터의 고유 아이템을 획득할 수 있는 확률이 두 배만큼 상승합니다. (남은 시간 : 167:23:59)

-최초로 '마우리아 제국'을 발견하셨습니다. 지금부터 일주일 동안, 마우리아 제국의 모든 상점에서 판매하는 물건을 70퍼센트만큼의 가격으로 구매하실 수 있습니다.

한눈에 봐도 푸짐하기 그지없는 최초 발견 보상들과 경험치, 드롭율 버프들이 쏟아졌다.

이안의 양 입꼬리가 귀에 걸렸음은 물론이었다.

그리고 이안은, 그저 좋아하는 데서 그치지 않았다.

'자, 보자. 보스 몬스터에게서 고유 아이템 드롭율이 상승한다는 말은, 이 동네 보스들에게만 뭔가 특별한 부분이 있다는 얘기겠지?'

보통 최초 발견자에게 주어지는 이점들은, 그 지역에서만 얻어 낼 수 있는 특별한 콘텐츠들과 관련이 있는 경우가 많았다.

그리고 이안은 그 부분을 놓치지 않았다.

'그럼 일단 이 일대를 샅샅이 뒤지면서 지도부터 밝혀야 하는 건가?'

그런데 그때, 이안이 해야 할 일을 알려 주는 시스템 메시지가 한 줄 떠올랐다.

띠링-.

-자동 퀘스트가 발동합니다.

-'마우리아 제국의 시민권 획득' 퀘스트가 발동했습니다.

-앞으로 12시간 이내에 마우리아 제국의 시민권을 획득하십시오.

-'마투라' 필드에 있는 '카르토비'를 사냥하여 '질 좋은 양모×20'을 획득한 뒤, 성왕의 제단에 바치면 제국의 시민권을 획득할 수 있습니다.

-남은 시간 : 11:59:58

곧바로 던전부터 찾아 사냥을 하고 싶었던 이안은, 시스템 메시지를 보고는 슬쩍 입맛을 다셨다.

'에이, 역시 이 시민권인지 뭔지를 획득하는 게 가장 우선인가?'

그런데 문제가 하나 있었다.

'그건 그렇고, 마투라 필드는 어디로 가야 찾을 수 있지?'

이안은 지평선이 보일 정도로 광활한 평원을 두리번거렸다.

하지만 어딜 봐도 가야 할 길에 대한 단서는 보이지 않았다.

그리고 그런 그를 뒤에서 한심한 표정으로 응시하던 카카가, 혀를 차며 한마디 했다.

"쯧쯧, 주인아, 뭐 잊은 거 없냐?"

카카의 말에, 이안은 어리둥절한 표정이 되었다.

"으음? 잊은 거라니?"

"주인 놈아, 내가 줬던 지도는 어디 엿 바꿔 먹었냐? 그걸 쓰면 이 남섬부주의 맵을 한눈에 알 수 있잖아."

이안은 멋쩍은 표정이 되었다.

"아, 맞다. 그게 있었지!"

이안은 서둘러 인벤토리를 열어 카카가 이안의 꿈속에서 찾아 왔던 '여의보도'를 꺼내었다.

그리고 지도를 펼치면서, 이안의 심장이 다시 두근거리기 시작했다.

'전에 카카가 말했던 대로라면 이제 이 지도 안에 여의주

가 있는 위치도 찍혀 있어야 하는데…….'

금방이라도 부스러질 것 같이 생긴 양피지로 된 고대의 지도였으나, 놀랍게도 양피지를 펼치자마자 그 중심에서 빛이 뿜어져 나왔다.

이것은 일전에 지도를 열었을 때는 볼 수 없었던 현상이었다.

우우웅—.

—여의보도의 봉인해제 조건이 충족되었습니다.

양피지에서 뿜어져 나온 하얀 빛은 이안의 눈앞에 커다란 지도를 펼쳐 만들었고, 그것을 본 이안의 눈이 휘둥그레졌다.

'어, 엄청 상세하잖아?'

그리고 지도의 한쪽 구석.

남섬부주라고 쓰인 섬의 외곽 부분에, 하나의 점이 파랗게 깜빡이고 있었다.

이안의 시선이 자동으로 그 점을 향해 움직였고, 그와 동시에 그 점 바로 아래쪽에 작은 글씨가 생성되었다.

—여의주보如意珠寶

여의주도 중요했고, 주병신보도 중요했지만, 일단 지금의 이안에게 가장 중요한 것은 이 마우리아 제국의 시민권을 얻는 것이었다.

마우리아 제국은 시민권을 얻지 못한 상태로는 마음 놓고 돌아다니기도 힘든 곳이었으니까.

'어후, 눈빛 한번 살벌하네.'

이안은 할리를 타고 지도에 표시된 길을 따라 빠르게 이동하고 있었다.

할리를 제외한 모든 소환수들은 소환 해제를 해 놓았고, 가신들 또한 얀쿤을 제외하고는 처음 입장했던 필드에 그대로 두고 온 상태였다.

시선을 최대한 조금 끌어야 했기 때문이었다.

'휘유, 그냥 변두리 마을 경비병인 것 같은데, 무슨 레벨이 300이나 되는 거야?'

당장이라도 부러질 것 같이 생긴 죽창과, 어딘가 허름해 보이는 가죽 갑옷.

하지만 겉보기와는 다르게, 레벨은 300이 훌쩍 넘는 경비병들이 이안을 주시하고 있었다.

"이봐, 저 녀석 좀 수상해 보이는데?"

"그러니까 말이야. 나도 보고 있어."

"이방인인가? 수색이라도 한번 해 봐야 하나?"

"아직은 딱히 위협될 만한 행동을 하지는 않는 것 같으니 좀 더 지켜보자."

"그래, 그러자고."

이안은 귀를 쫑긋 세우고 경비병들의 대화를 엿들었고, 등에서 식은땀이 줄줄 흐르는 듯한 느낌을 받았다.

'젠장, 뭐 이렇게 살벌한 동네가 다 있어?'

그래도 마을 바깥에 있는 필드의 몬스터들은 250레벨 정도밖에(?) 되지 않아서, 이안의 능력으로도 어렵지 않게 상대할 수 있는 수준이었다.

'카르토비인지 뭔지, 어떤 몬스터일지는 모르지만 250레벨 아래였으면 좋겠어.'

이안은 할리의 순발력 극대화 스킬을 사용했음에도, 목적지까지 거의 3~4시간을 소모할 수밖에 없었다.

처음에는 핀을 타고 허공을 가로질러 가려는 생각도 했었다.

할리가 아무리 빠르다고 해도, 허공을 가로질러 날아가는 핀에 비하면 훨씬 느릴 수밖에 없는 게 사실이기 때문이었다.

하지만 그러면 안 될 분명한 이유가 있었기 때문에, 시도조차 할 수 없었다.

이안은 출발하기 전에 했었던 카카와의 대화를 떠올렸다.


–주인, 아마 여기서 핀을 타고 날았다가는, 순식간에 화살 세례를 받고 고슴도치가 되어서 바닥으로 떨어져 버리고 말 거다.

–음…… 왜?

–왜긴 왜야. 마우리아 제국 곳곳에 있는 경계탑의 궁수들이 주인과 핀을 노리고 화살을 계속해서 쏘아 댈 테니까 말이지.

–핀을 타고 높게 날아도 안 될까?

–350~400레벨대의 궁수를 너무 무시하는 거 아니냐, 주인아?

–구, 궁수 레벨이 그렇게나 높아?

–그렇다.


이안은 고개를 절레절레 저으며 속으로 중얼거렸다.

'일단 이번 퀘스트를 진행하는 동안은, 제국 안에서 뭔가 분란을 일으키거나 하면 안 되겠어. 경비병 한 소대만 달려들어도 난 바로 게임 아웃 각이야.'

이안이 할리를 타고 이동하는 동안에도, 지식의 보고인 카카는 이안의 어깨에 올라탄 채 계속해서 조잘거렸다.

평소 같았으면 그 조잘거림이 귀찮았을 이안이었지만, 지금같이 아무런 정보도 없는 미지의 땅에 홀로 떨어진 상황에서는 카카만큼 고마운 존재도 없었다.

"아무튼 카카, 그 카르토비인지 뭔지 하는 녀석은 걱정할 필요 없다는 거지?"

카카가 고개를 끄덕였다.

"그렇다, 주인아. 주인의 능력이라면 어렵지 않게 상대할 수 있을 거다."

그리고 그렇게 한참을 이동한 끝에, 이안은 목적지였던 '마투라' 필드에 도착할 수 있었다.

필드에 도착한 이안은, 고개를 두리번거리며 사냥해야 할 몬스터를 찾기 시작했다.

"으음……?"

이안의 입에서 의문 섞인 비음이 새어나오자, 옆에 있던 카카가 물었다.

"왜 그러냐, 주인? 무슨 문제라도 있나?"

이안이 뒷머리를 긁적이며 대답했다.

"아니, 문제가 있다기보다는 퀘스트를 해야 하는데 몬스터가 보이지를 않아서."

카카가 되려 어이없다는 듯한 표정으로 대답했다.

"뭐? 저기 널려 있는 게 카르토비인데, 주인 혹시 시력이 안 좋아졌냐?"

"으응?"

카카의 말을 들은 이안은, 카카가 가리킨 곳을 향해 다시 시선을 돌렸다.

그리고 그곳에는 아주 평화로운 녹빛의 초원과, 일단의 양 무리들이 한가롭게 풀을 뜯고 있었다.

"저거 양……."

무심결에 말을 하던 이안은, 순간 뭔가를 깨달았는지, 화들짝 놀라며 다시 말했다.

"카카, 설마 저 양들이 카르토비인지 뭔지 하는 몬스터야?"

카카가 고개를 끄덕였다.

"그렇다, 주인아. 퀘스트를 잘 생각해 봐라. 양털 모아 오는 퀘스트였잖아."

이안은 어이없는 표정이 되었다.

'무, 물론 그렇기는 하지만……'

이안은 좀 당황스럽기는 했지만, 천천히 양들을 향해 다가갔다.

그리고 정보를 확인할 수 있을 정도의 거리까지 다가가자, 이 정체불명의 양들의 이름과 레벨을 확인할 수 있었다.

**이름 : 카르토비/레벨 : 274**

"……"

이안은 허탈한 웃음을 지었다.

'이건 튜토리얼 존에 나오는 사슴과 1:1로 싸움을 붙여 봐도 질 것 같이 생겼는데?'

그렇지만 레벨은 거짓말을 하지 않는다.

274라는 무시무시한 수치가 레벨에 붙어 있는 이상, 이안은 한낱 초식동물이라 해도 긴장하지 않을 수 없었다.

"라이, 소환!"

라이를 시작으로 빡빡이, 뿍뿍이와 카르세우스, 핀에 레이크까지 모든 소환수들을 전부 소환한 이안은, 카카를 향해 한 번 더 확인했다.

"카카, 정말 쟤들 잡으면 되는 거 맞는 거지?"

카카는 귀찮다는 듯 설렁설렁 고개를 끄덕이며 대답했다.

"하, 주인아, 여태 속고만 살았냐? 시간 아깝다. 빨리 쓸어 버려."

이안이 멋쩍은 표정으로 대답했다.

"그, 그래."

그리고 카카에게 대답하고 난 이안은, 정말 전력을 다해 양들을 상대하기 시작했다.

"라이, 일단 한 놈만 유인해서 와 봐!"

"알겠다, 주인."

이안은 먼저 카르토비 한 마리를 유인해서 사냥해 보았다.

'원래 이렇게 쉬워 보이는 퀘스트에는 함정이 있는 법이야.'

끝까지 긴장을 놓지 않는 이안이었다.

하지만 이안의 예상과는 다르게, 카르토비는 정말 별 능력 없는 초식동물이었다.

콱- 콰콱-!

-소환수 '라이'가, '카르토비'에게 치명적인 피해를 입혔습니다.

-'카르토비'의 생명력이 456,790만큼 감소합니다.

-'카르토비'를 처치하는 데 성공하셨습니다.

－경험치를 189,700만큼 획득하셨습니다.

라이의 연속 공격에 순식간에 회색빛으로 변해 버린 카르토비.

이안은 그제야 마음을 놓으며 정령왕의 심판을 고쳐 쥐었다.

'그래, 이렇게 퀘스트가 쉽게 풀릴 때도 있어야지.'

카르토비는 전부 270레벨대였지만, 전투 스텟 자체는 200 초반 수준이었다.

게다가 초식동물의 특성상 별다른 전투 기술을 가지고 있지 않았기 때문에, 이안은 그야말로 양떼를 학살하기 시작했다.

'에이, 그런데 약해서 그런지 경험치는 너무 조금 주네. 100레벨 후반대 몬스터들도 이거보단 많이 주겠다.'

이안은 속으로 투덜거리며, 스트레스 해소라도 하듯 시야에 보이던 모든 카르토비를 학살했다.

하지만 모든 양들을 전부 처치했을 때, 이안은 그제야 문제점을 발견할 수 있었다.

"……잠깐."

이안은 서둘러 인벤토리를 확인해 보았다.

그러나 인벤토리엔 그냥 양모들은 가득 들어차 있었지만, 퀘스트에 필요한 아이템인 '질 좋은 양모'는 단 한 개도 발견할 수 없었다.

"으아아, 그럼 그렇지! 이렇게 퀘스트가 순조로울 리가 없지!"

드롭률 지옥이 또다시 이안의 앞에 펼쳐졌다.

이안은 그렇게 미친 듯이 양을 사냥하기 시작했다.

－질 좋은 양모 아이템을 획득하셨습니다!

－'마우리아 제국의 시민권 획득'퀘스트에 필요한 아이템을 획득하셨습니다.(20/20)

－퀘스트에 필요한 조건을 전부 충족시키셨습니다.

－'성왕의 제단'에 양모를 공양하고, 마우리아 제국 시민권을 획득하십시오.

연달아 떠오르는 시스템 메시지를 보며, 이안은 가슴을 쓸어 내렸다.

"휘유, 드디어 다 모은 건가?"

이안은 양털을 스무 개 모으는 데 거의 3시간을 소모했다.

물론 그 원인은, 수십 마리에 한 번 꼴로 드롭될 만큼 낮은 확률에 있었다.

게다가 너무도 허약해 보이는 외모 덕에, 방심하다가 위기에 빠진 적도 있었다.

초식동물답게 공격 패턴이 무척이나 단순한 데다 스텟도

레벨 대비 낮은 편이었지만, 워낙 원래 레벨이 높은 탓에 치명타를 잘못 허용하면 거의 십만이 넘는 대미지가 들어왔던 것이다.

뒷발차기 두 방에 골로 갈 뻔했던 끔찍한 기억을 잠시 상기한 이안은, 고개를 절레절레 저으며 인벤토리에서 지도를 꺼냈다.

'이제 가야 할 곳은……..'

이안은 눈을 크게 뜨고 찬찬히 지도를 살폈다.

지도의 용도 자체가 여의주를 찾기 위해 존재하는 물건이었기 때문에, 파란 빛으로 표시되어 있는 것은 여의주의 위치 밖에 없었다.

이안의 뒤에서 함께 지도를 살펴보던 카카가 폴짝폴짝 날아서 지도의 한 곳을 짚었다.

"여기 있다, 주인아."

그리고 그곳을 향해 시선을 돌린 이안의 입에서 낮은 탄성이 새어나왔다.

"오오."

카카가 가리킨 곳에는 '성왕의 제단'이라는 글귀가 작게 쓰여 있었고, 이안의 현 위치에서 크게 멀지 않은 곳이었다.

이안은 그래도 제법 퀘스트가 인간적이라는 생각을 했다.

'그래도 따라가야 할 동선이 양심 없지는 않네.'

이안은 빠르게 걸음을 옮기기 시작했다.

지도에 표기되어 있는 대로라면 동쪽에 보이는 능선만 넘으면 목적지에 다다를 수 있을 것이었다.

이안 일행이 도착한 곳은, 무척이나 화려한 석조 건물들이 솟아 있는 커다란 도시였다.

'……이 동네, 어딘지 모르게 위험한 냄새가 나는데?'

시작부터 무시무시한 건, 이안이 들어가야 할 도시의 성문 앞에 서 있는 경비병들의 레벨이 370이라는 부분이었다.

'여기 뭐야, 왜 이래. 무서워.'

이안은 초긴장 상태를 유지하며 천천히 경비병들을 향해 다가갔다.

만약 경비병들이 공격하기라도 한다면, 재빨리 할리를 타고 줄행랑칠 생각이었다.

370레벨의 경비병 두엇 정도야 어떻게 상대할 수 있다고 쳐도, 안에서 지원군들이 몰려온다면 그대로 죽어야 할 게 분명했기 때문이었다.

이안이 다가가자 경비병이 게슴츠레한 눈초리로 그를 쳐다보았다.

그리고 그들 중 가장 험상궂게 생긴 남자 하나가 이안을 향해 다가왔다.

그는 무려 400레벨이 넘는 '경비대장'이었다.

"네놈은 누구지? 제국의 시민이 아닌 것 같은 데 말이야."

경비대장의 말에, 이안이 심호흡을 한번 한 뒤 은근한 목소리로 입을 열었다.

"무사님, 무사님의 검이 좀 낡아 보여서 그러는데 제가 가지고 있는 검을 한 자루 드려도 되겠습니까?"

그리고 당연한 얘기겠지만, 경비대장의 두 눈이 휘둥그레졌다.

"으음? 자네가 가지고 있는 검?"

이안은 고개를 끄덕이며 재빨리 인벤토리에서 쟁여 두었던 무기 하나를 꺼내어 들었다.

그것은 마계 사냥 중에 얻은, 레벨 제한이 어마어마하게 높은 영웅 등급의 무기였다.

'이런 계륵 같은 아이템은 이런 데 쓰라고 있는 거지.'

이안이 사냥하던 마계 50~70구역 정도에서는 레벨 제한이 걸린 장비가 드롭될 경우 높게는 350제의 장비가 나오기도 한다.

이런 아이템이야말로 이안에게 하등 쓸모없는 아이템.

그런 장비는 당연히 착용이 되지 않을뿐더러, 팔 수도 없다.

지금 카일란에서 가장 레벨이 높은 축인 이안이 205레벨인데, 300레벨 제한이 넘는 장비를 구매해 줄 사람은 당연히 없는 것이었다.

그렇다고 그냥 마을의 상점에 팔아 버리자니 너무 헐값이 었기 때문에, 영웅 등급 이상의 장비들은 남겨 뒀던 것이다.

이안은 지금 그것들을 무척이나 요긴하게 써먹고 있었다.

"오오, 이 광채! 분명 특상 등급의 검이군."

경비병은 이안에게서 받은 검을 들고는 입이 귀에 걸려서 싱글벙글 웃기 시작했다.

그리고 이안이 기다렸던 메시지가 눈앞에 떠올랐다.

띠링-.

-카필라성의 경비대장 '시크'가 무척이나 만족해합니다.

-카필라성의 경비대장 '시크'의 친밀도가 50만큼 상승합니다.

이안은 어이없는 표정이 되었다.

'뭐야, 이런 별거 아닌 템 하나에 무슨 친밀도가 50이나 오르는 거야? 등급이 낮은 NPC라서 그런 건가?'

이안은 뭔가 찜찜했지만, 좋은 게 좋은 것이라 생각하며 경비병을 향해 마주 웃어 주었다.

"어떻습니까, 무사님. 마음에 드시는지요?"

경비대장 '시크'가 헤벌쭉한 표정으로 연신 고개를 끄덕 였다.

"그럼, 마음에 들다마다. 그나저나, 이 귀한 물건을 정말 내게 주는 건가?"

이안이 고개를 끄덕이며 대답했다.

"그렇습니다, 무사님. 제 선물이니 받아 두시지요."

"고, 고맙네! 아차, 내 정신 좀 봐. 안쪽으로 들어오시게. 귀인을 몰라보고 이렇게 밖에 세워 뒀구먼."

이안은 어쩐지 일이 술술 풀리는 것 같다는 생각을 하며, 입꼬리를 슬쩍 말아 올렸다.

'좋은데……? 이 기회에 이 카필라성에 대한 정보를 좀 들어 놔야겠어.'

경비대장은 이안을 성안으로 안내했고, 이안은 천천히 걸음을 옮겨 그를 따라갔다.

"그러니까…… 우리 마우리아 제국의 시민권을 얻기 위해서 성왕의 제단을 찾아왔단 말이지?"

경비대장 시크의 물음에, 이안이 고개를 끄덕였다.

"그렇습니다. 대마우리아 제국의 시민이 되고 싶어 먼 길을 달려왔습니다."

이안은 혀에 기름칠이라도 한 듯 자연스럽게 상황극을 이어 갔고, 곁에서 얀쿤과 카카는 흥미진진한 표정으로 이안을 구경하고 있었다.

둘은 경비병들에게 들리지 않을 만큼 작은 목소리로 대화를 나누었다.

"쿤, 주인 놈이 말은 정말 잘하는 것 같다."

"나도 그렇게 생각한다, 카카."

"크, 오랜만에 만난 주인이 답답한 멍청이가 아니라서 정말 다행이야."

"그런데, 카카."

"왜 부르냐?"

"쿤이라고 하지 마라."

"왜? 쿤이 입에도 착착 감기고 귀여운데."

얀쿤이 인상을 썼다.

"난 별로 귀엽고 싶지 않다."

"그래도 난 쿤이 좋다. 내가 심혈을 기울여 만들어 낸 애칭을 거부하지 마라."

"거절한다."

"거절은 거절하겠다."

"……."

한편, 둘의 시답지 않은 대화가 이루어지는 동안, 이안은 경비대장에게서 제법 많은 정보를 얻어 내는 데 성공했다.

'무기점, 잡화점이 전부 서문 쪽에 모여 있다고 했고, 제단은 북부 광장에 있다고 했지?'

이안은 경비대장으로부터, 성안에 있는 각종 상점들과 주요 건물들의 위치 등의 자잘한 정보들을 얻었다.

하지만 얻어 낸 정보들 중 가장 중요한 것은 '전륜성왕'에 관한 것이었다.

경비대장 '시크'의 말에 의하면, 전륜성왕을 만나기 위해서는 몇 가지 시험을 통과해야 한다고 했다.

'철륜왕, 동륜왕, 은륜왕, 금륜왕이라……. 뭔가 엄청나게 강해 보이는 이름들인데, 그들의 시험을 통과해야 한다는 거지?'

정확히 말하자면 사대왕의 혼백이 모여 있는 시험의 관문을 통과해야 한다는 설명이었지만, 뭐가 됐든 걱정이 되는 것은 사실이었다.

이곳은 경비병의 레벨이 370인 비상식적인 곳이었으니까.

'일단 시민권부터 얻고 생각하자.'

이안은 아직도 함박웃음을 짓고 있는 경비대장 시크의 배웅을 받으며, 성왕의 제단을 향해 걸음을 옮겼다.

성왕의 제단은, 도시에서 두 번째로 높은 석조 건물에 자리해 있었다.

"와, 이거 난리도 아닌데요, 지금?"

헤르스의 말에, 피올란이 고개를 끄덕이며 동의했다.

"그러니까요. 지금 마신의 탑 오픈되면서 유저들 중에서 종족 변환 퀘스트 받은 사람들이 엄청 많이 늘고 있어요."

"지금 우리 길드 안에는 얼마나 있죠?"

"아직 우리 길드원 중에는 한 명도 없긴 하네요."

피올란의 대답에, 헤르스가 안도의 한숨을 내쉬며 말했다.

"휘유, 지금같이 전투 인력 부족한 시점에 길드원 하나
도 빠져나가면 제법 타격이 컸을 텐데 다행이네요."

피올란이 고개를 주억거렸다.

"네, 다행이죠. 이게 아무래도 종족 변환을 하는 순간 길
드에서 자동으로 탈퇴되는 시스템이다 보니 상위권 길드 소
속의 유저들 중에는 아직 종족 변환을 하는 유저가 거의 없
는 듯해요."

"그렇군요."

하지만 피올란의 표정은 그다지 밝지 않았다.

"그렇지만 길드 소속이 아닌 랭커들은, 대부분이 마족으
로 종족 변환을 하려는 추세예요."

헤르스가 쓴웃음을 지으며 대답했다.

"확실히 마족 스텟 보너스가 매력적이기는 하죠."

"안 그래도 슬슬 몬스터 웨이브가 힘에 부치는 게 느껴지
는데……."

피올란이 고개를 절레절레 저었고, 헤르스가 피식 웃으며
입을 열었다.

"뭐, 이게 개발사의 의도일 테니 어떻게든 되겠죠."

"네?"

"지난번에 몬스터 웨이브 난이도가 갑자기 올라갔을 때부

터 느꼈는데, 개발사에서는 차원 전쟁에서 인간 종족이 지기를 바라는 것 같아요."

"아……?"

"전 왠지 그런 느낌을 받았어요."

피올란이 잠시 생각하더니, 천천히 고개를 주억거렸다.

"어느 정도 일리 있는 말이긴 하네요. 개발사 입장에서는 신규 종족에 대한 메리트를 충분히 줘야 할 필요도 있으니까요."

"맞아요. 기껏 신규 종족을 만들어 놨는데, 아무도 안 하면 곤란하잖아요?"

헤르스와 피올란 또한 어지간히 닳고 닳은 게이머들이었기 때문에, 게임의 흐름 정도는 읽어 낼 수 있었다.

그리고 두 사람의 추측은 거의 정확히 들어맞고 있었다.

잠시 생각에 잠겨 있던 헤르스가 조심스레 다시 입을 열었다.

"이제, 이 다음 상황은 저 몬스터 웨이브에서 마족으로 종족 변환을 한 유저들이 등장하는 그림이 되려나요?"

"어후, 생각만 해도 끔찍하네요."

피올란의 너스레에 헤르스가 살짝 고개를 갸웃하며 반문했다.

"왜요? 저는 상급 마수들보다 오히려 유저들이 편할 것 같은 데요?"

"그게 그렇게 되는 건가……?"

"그렇죠. 정말 최상위권 랭커들은 전부 길드 소속이니 넘어가는 유저들은 끽해 봐야 170레벨대 어중간한 랭커들일 것 아니에요."

"그것도 맞는 말이네요."

헤르스의 말이 다시 이어졌다.

"그리고 제가 커뮤니티에 올라온 퀘스트 공략 슬쩍 읽어 봤는데요, 종족 변환 퀘스트가 그렇게 금방 할 수 있는 쉬운 퀘스트도 아니더라고요."

"그래요?"

헤르스가 고개를 끄덕였다.

"네. 그래서 제 생각에, 앞으로 일주일 정도는 유저들 상대로 싸워야 할 일은 없을 것 같아요."

"그렇군요. 그렇다면 다행이에요. 마족이 된 유저들이 강하고 약하고를 떠나서, 그들이 적에 합류한다는 것 자체가 커다란 변수가 되니까요."

"그 부분은 저도 동감합니다."

하지만 두 사람이 예측하지 못한 변수도 몇 가지 있었다.

첫째로는, 생각보다 최고 레벨대 랭커들 중 다수가 종족 변환 퀘스트를 진행하기 시작했다는 것.

둘째로는, 이미 오래전에 마족이 된 유저들이 여럿 있다는 것이었다.

토벌대에 참여한 유저들이 마수와 마족들을 상대하는 전투에 제법 적응한 덕에, 차원 전쟁은 전체적으로 안정되어 가는 듯 보였다.

하지만 열흘 차를 기점으로 차원 전쟁은 또 다시 혼란에 빠져들기 시작했다.

마우리아 제국의 고물상

Taming Master

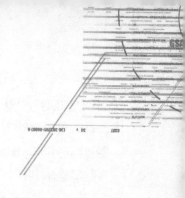

성왕의 제단에 도착한 이안은, 생각보다 어렵지 않게 목적을 달성할 수 있었다.

경비대장 시크가 알려 준 위치로 찾아가서, 양털 스무 개를 공양하고 나니 퀘스트 완료 메시지가 떠오른 것이었다.

띠링-.

-'질 좋은 양모' 아이템을 성왕의 제단에 공양합니다.

-'마우리아 제국의 시민권 획득' 퀘스트를 완수하셨습니다.

-'마우리아 제국의 시민권' 아이템을 획득하셨습니다.

-명성을 1만 만큼 획득합니다.

하얗고 기다란 턱수염이 허리까지 내려온, 선풍도골의 노인.

이 제단의 관리인인 듯 보이는 노인이 이안을 향해 나긋한 목소리로 입을 열었다.

"이안 군이라고 했는가."

"예, 그렇습니다."

"우리 마우리아 제국의 시민이 된 것을 축하하네. 이렇게 질 좋은 양모를 이만큼이나 많이 얻으려면 쉽지 않았을 텐데, 정말 수고가 많았어."

노인의 말에, 이안은 속으로 구시렁거렸다.

'암, 수고가 많았지. 양털 주제에 드롭률이 어찌나 저질이던지…….'

하지만 물론 이안의 입에서는, 속내와 다른 말이 흘러나왔다.

"아닙니다, 어르신. 마우리아 제국의 시민이 될 수 있어 무척이나 영광입니다."

"허허, 확실히 마우리아 제국의 시민이 된다는 건 영광스러운 일이기는 하지."

그 후 노인과 몇 가지 덕담을 더 나눈 이안은, 그에게서 나무로 된 낡은 신분 패 하나를 받을 수 있었다.

그것을 받아 든 이안의 표정이 살짝 구겨졌다.

'이거 뭔가…… 얼마 전에 토벌대에서 받았던 목패랑 오버랩되는데.'

바로 며칠 전에, D등급 사병이라는 굴욕적인 신분 패를 받았었던 이안이었다.

'또 평민 D등급 이런 식으로 명시되어 있는 건가?'

사실 이번에는 토벌대에 있을 때와 상황이 많이 다르기는
했다.

이안이 참여했던 차원 전쟁의 마계 토벌대는, 애초에 그가
귀족인 데다 영주라는 신분을 갖고 있는 북부 대륙의 토벌대
였다.

그랬기 때문에 이안으로서는 더 자존심이 상했었던 것.

하지만 이 마우리아 제국에서 그는 완벽한 이방인이었다.

그렇기 때문에, 처음 받게 된 계급이 평민이라고 해도 크
게 기분 나쁠 것은 없었다.

이안은 노인으로부터 받은 목패 아이템의 정보를 오픈했다.

### 마우리아 제국 시민권

**등급 : 일반**        **분류 :** 잡화
**시민 계급 : 수드라**     **랭크 :** D
마우리아 제국에 소속됨을 증명하는, 제국의 시민권이다.
시민권을 소지하고 있으면, 마우리아 제국의 구성원들과 기본 친밀도를
유지할 수 있다.
*유저 '이안' 에게 귀속된 아이템이다.
다른 유저에게 양도하거나 팔 수 없으며 캐릭터가 죽더라도 드롭되지
않는다.

신분 패에 쓰인 내용을 전부 읽은 이안은 고개를 갸웃했다.

'음, 뭐지? 여기는 계급이 되게 특이하네.'

이안은 시민 계급에 '수드라'라고 쓰인 부분으로 시선을 다시 옮기고는, 눈을 게슴츠레 하게 떴다.

'흐으음, 뭘까? 어디서 많이 들어 본 단어 같기도 하고……'

어감이 뭔가 묘하게 기분 나쁘기는 했지만, 그래도 평민이나 사병보다는 괜찮다고 여긴 이안은 신분 패를 인벤토리에 집어넣었다.

'자, 이제 시험의 관문인지 뭔지 거기로 가면 되는 건가?'

이안은 경비대장에게서 들었던 정보들을 머릿속으로 다시 한 번 정리하며, 성왕의 제단을 빠져나왔다.

이안이 건물 밖으로 나오자 앞에서 기다리고 있던 카카가 이안을 불렀다.

"주인아."

"오래 기다렸냐?"

바위에 걸터앉아 뒹굴거리던 카카가 허공으로 두둥실 떠올랐다.

"아니 뭐, 그런 건 아닌데, 궁금한 게 하나 있다."

"뭔데?"

카카는 작은 날개를 파닥거리며 이안의 앞까지 날아오더니, 낮은 목소리로 물었다.

"마우리아 제국의 신분 패 받는 데는 성공한 거냐?"

이안이 고개를 끄덕였다.

"응, 성공했어."

카카가 다시 물었다.

"혹시, 무슨 계급의 신분 패를 받은 거냐?"

"음…… 처음 보는 계급 이름이었다."

"원래 마우리아 제국의 계급들은 이름이 특이하다, 주인
아."

"뭐였지, 수드라였나? 뭔진 모르겠지만 묘하게 어감이 안
좋은 이름이었다."

그리고 그 말을 들은 순간, 카카가 사레라도 들렸는지 켁
켁거리기 시작했다.

"풉! 푸읍, 크크큭!"

그에 이안은 알 수 없는 불길한 이 기분에 불안한 표정을
지었다.

"야, 뭔데. 뭐가 문젠데? 왜 그러는 거야?"

한참을 혼자 낄낄대며 웃던 카카가, 이안을 향해 한마디를
남겼다.

"주인아, 수드라가 뭔지 알려 줄까?"

이안이 인상을 찡그렸다.

"얌마, 너 요즘 많이 기어오른다? 아는 거 많다고 주인을
무시하면 되냐, 노예가?"

이안의 그 말에, 카카는 더욱 끅끅거리며 웃기 시작했다.

카카는 한참을 데굴거리며 웃더니 겨우겨우 입을 열었다.

"크큭, 주인아, 이제 나랑 친구 먹어야겠다. 큭큭"

'수드라'는 인도 카스트 제도에서 가장 하층민을 지칭하는 단어였다.

쉽게 말해, 마우리아 제국의 노예나 천민이 속하는 계급이 바로 '수드라'였던 것.

물론 마우리아 제국에는 계급 어디에도 속하지 못하는 '불가촉천민'도 있기는 했지만, 어쨌든 천민은 천민이었다.

그러니 카카의 말이 딱히 틀린 것은 아니라고 할 수 있었다.

어쨌든 수드라가 뭔지 모름에도 묘하게 기분이 나빠진 이안은, 카카를 째려보며 속으로 중얼거렸다.

'뭐지? 인터넷 검색이라도 해 봐야 하나.'

마침 잘 시간이 되기도 해서 로그아웃할 예정이었던 이안은, 다시 접속하기 전에 검색을 한번 해 봐야겠다고 생각했다.

'하아, 내가 노예, 천민이라니……'

이안은 분노했다.

'돈 내고 하는 게임에 이런 계급을 만들어 놓는 게 말이 돼?'

하지만 분노한다고 해서 딱히 할 수 있는 일은 없었다.

이곳은 경비병들의 레벨이 350이 넘는, 무지막지한 동네였으니까.

'후우, 그래도 뭐, 퀘스트 깨다 보면 천민은 벗어날 수 있게 해 주겠지…….'

사실 인도의 카스트 제도를 그대로 구현해 놓았더라면, 신분 상승은 불가능하다고 볼 수 있다.

하지만 다행히 이곳은 게임 안이었고, 단지 계급의 이름만 카스트 제도와 비슷하게 해 놓았을 뿐이었다.

이안에게 주어진 신분은, 그저 이 마우리아 제국의 세계관 안에서 통용되는 유저 등급이라고 생각하면 편하다.

신분고하에 따라 NPC들과의 기본 친밀도가 달라지며, 받을 수 있는 퀘스트의 질 또한 차이가 난다.

그리고 당연하겠지만, 어떻게 플레이하느냐에 따라 얼마든지 신분 상승의 기회는 있다.

"야, 카카, 그만 웃으랬지."

아직까지도 피식피식 웃고 있는 카카에게, 이안이 협박하듯 말했다.

"너 자꾸 그러면, 이제 밥 안 줄 거야. 네 몫의 미트볼은 앞으로 없을 줄 알아."

하지만 카카는 심드렁한 표정으로 대꾸할 뿐이었다.

"내가 뿍뿍인 줄 아냐, 주인아? 하나도 안 무섭다."

그에, 가만히 있다가 날벼락을 맞은 뿍뿍이가 발끈했다.

"뿍, 미트볼을 무시하지 마라뿍!"

"……."

진화를 했음에도 미트볼에 대한 애정은 식을 줄 모르는 뿍뿍이였다.

어쨌든 티격태격하던 이안 일행은, 마우리아 제국의 거대한 도시인 '카필라 성'의 번화가에 도착할 수 있었다.

카필라 성은 거대 제국인 루스펠의 수도와 비교해도 전혀 밀리지 않을 만큼 큰 규모를 자랑했다.

주변을 구경하며 걸음을 옮기던 이안은, 문득 엉뚱한 생각을 했다.

'그나저나, 카일란 개발사에는 정말 인력이 얼마나 많은 걸까? 이런 숨겨진 지역마저 이렇게 꼼꼼하고 방대하게 세계관이 짜여 있을 줄이야.'

이안의 생각처럼, 카일란은 어디 한구석도 대충 만들어진 부분이 없었다.

이안은 계속해서 감탄했다.

'내가 이렇게 오랫동안 플레이하면서 콘텐츠가 한 번도 안 떨어진 게임은 처음이야. 좀 더 분발해야겠어.'

아마 LB사의 기획 팀에서 이안의 이 생각을 들었다면 단체로 거품을 물고 쓰러졌으리라.

이안은 퀘스트를 진행하기 위해서라면 바로 시험의 관문을 향해 가야 했지만, 이 번화가를 조금 더 둘러보기로 결정했다.

'퀘스트도 중요하기는 하지만, 이런 곳은 한 번쯤 뒤져 볼

필요성이 있어. 어떤 히든피스가 숨겨져 있을지 모르니까.'

그리고 이 번화가 안에서, 이안이 처음으로 들어선 곳은 바로 작은 골동품 가게였다.


이안은 '템발'이라는 말을 별로 좋아하지 않는다.

하지만 그것이 좋은 아이템을 싫어한다는 말은 아니었다.

강력한 장비는 랭커가 되기 위해서 필수적인 부분이었고, 이안 또한 무척이나 신경 쓰는 부분이었으니까.

다만, 이안이 싫어하는 '템발'이라는 말은, '게임 실력은 쥐뿔도 없으면서 아이템만 좋은'이라는 의미였다.

그런 의미에서 이안은, 자신을 결코 템발 유저라고 생각하지 않았다.

오히려 이안은 아이템이 자신의 실력발을 받는다고 생각하고 있는 수준이었다.

'정령왕의 심판도 내 손에 들려 있으니까 행성 파괴 무기가 된 거지. 암, 그렇고말고.'

이안의 밑도 끝도 없는 자신감이 또다시 발동했다.

어쨌든 이안이 고물상에 들어온 이유는, 좋은 아이템을 건져 보기 위해서였다.

이안은 눈을 부릅뜨고 골동품 상점을 뒤지기 시작했다.

'흐음, 뭐 하나 건졌으면 좋겠는데······.'

카일란에서의 골동품 상점은 '고급 겜블 상점'이라고 할 수 있다.

파는 아이템의 정보는 구입하기 전까지 봉인된 상태였으며, 일반 겜블 상점보다 가격대가 열 배 이상 비싸게 책정되어 있었기 때문이다.

하지만 골동품 상점이 일반 겜블 상점보다 좋은 점은, 유저의 안목으로 물건을 판단할 수가 있다는 점이다.

겜블 상점에서는 물건의 품목과 지불액만 정하면, 랜덤으로 아이템이 구입된다.

하지만 골동품 상점은 구입할 물건의 외관을 전부 확인한 뒤 결정할 수 있었다.

최소한 수십만 골드를 내고 '녹슨 철검'이나 '낡은 가죽 갑옷' 따위의 아이템을 구입할 일은 없다는 이야기였다.

'흐음, 확실히 처음 오는 동네라 그런지 신기하게 생긴 물건이 많은데? 가격이 좀 많이 비싸기는 하지만.'

사실, 물건의 가격은 상관없었다.

요즘 돈 쓸 일이 없었던 이안에게, 자원은 무척이나 풍족했으니까.

게다가 마우리아 제국 최초 발견 특전으로 인해, 모든 마우리아 제국의 상점에서 30퍼센트만큼의 할인 혜택을 받고 있는 지금이, 바로 소비 생활을 즐길 타이밍이었다.

이안은 눈을 빛내며 골동품 상점의 물건들을 둘러보기 시작했다.

그런데 이안의 바로 뒤에, 이안보다 최소한 세 배 정도는 더 흥미진진한 표정으로 물건들을 둘러보는 생명체가 하나 있었다.

"내 상점에 온 것을 환영하네. 어떤 종류의 물건을 찾으러 왔는가?"

총 세 개 층으로 이뤄진 데다, 무척이나 널따란 골동품 상점.

하지만 손님은 이안 한 명뿐이었기 때문에, 상점의 주인이 직접 이안에게 관심을 보이며 다가왔다.

반쯤 하얗게 센 머리를 가진 중년의 남자는 이안에게 자연스레 하대를 했고, 이안은 뒷머리를 긁적이며 대꾸했다.

"아 네, 뭐 찾는 물건이 있어서 들어온 건 아니고요, 원래 골동품에 관심이 많거든요."

"오호?"

이안의 입에서, NPC의 환심을 사기 위한 거짓말이 술술 나오기 시작했다.

"도시를 지나다가 너무도 멋진 가게를 발견해서 한번 들어와 보고 싶었습니다."

하지만 완벽한 거짓말은 아니었다.

이안이 들어온 이 골동품 가게는, 지금까지 봐 온 어떤 골동품 가게보다 신비한 느낌을 풍기는 고급스러운 외형을 가지고 있었으니까.

'원래 거짓말은 진실을 좀 섞어서 얘기해야 설득력이 생기는 법이지.'

그리고 이안의 칭찬에, 가게의 주인은 싱글벙글한 표정이 되어 있었다.

"크으, 젊은 친구가 뭘 좀 아는구먼! 그렇다면 정말 잘 들어왔네. 이곳은 내가 450 평생 동안 남섬부주를 여행하며 각종 희귀한 물건들을 수집해 모아 놓은 곳이니까 말이야. 세상 어디에도 내 가게만큼 멋진 골동품 가게는 없지."

남자는 이안을 향해 손을 내밀었고, 이안은 그 손을 맞잡았다.

이안은 손을 맞잡으며 조금 당황한 표정이 되었다.

'뭐야, 450 평생? 그럼 450년을 살았다는 얘기야? 혹시 인간 종족이 아닌가?'

하지만 이안이 남자를 다시 살펴봐도, 그는 평범한 중년 남성의 모습을 하고 있을 뿐이었다.

그가 입을 열었다.

"다시 소개하지. 나는, 이 가게의 주인인 '레노반스' 라고 하네."

이안이 대답했다.

"저는 남섬부주를 여행 중인 여행객, 이안이라고 합니다."

이안의 눈에 우쭐한 표정이 된 주인의 표정이 들어왔고, 그와 동시에 시스템 메시지가 몇 줄 떠올랐다.

띠링-.

-카필라성의 골동품 상점 주인인 '레노반스'와의 친밀도가 10포인트만큼 상승했습니다.

-골동품을 구입할 때, 높은 등급의 아이템이 나올 확률이 1.5퍼센트만큼 상승합니다.

이안의 입꼬리가 슬쩍 말려 올라갔다.

'역시, 비위 맞추기는 NPC에게 항상 효과가 있단 말이지. 그런데 1.5퍼센트면 어느 정도나 체감이 되려나?'

이안은 골동품 가게에 있는 물건들을 제법 많이 구입해 볼 생각이었다.

대충 훑어본 결과, 비싼 물건의 경우에는 수백만 골드를 호가하는 아이템이 있기도 했다.

하지만 오랜만에 돈을 쓰기로 마음먹은 이안에게는 크게 비싸게 느껴지는 가격이 아니었다.

'기왕 골동품 겜블을 해 보기로 한 거면, 하나 정도는 제대로 된 물건을 뽑아 봐야지.'

이안이 상점의 주인에게 물었다.

"레노반스 님, 혹시 제게 추천해 주실 만한 물건이 있습니까?"

이안의 물음에 레노반스가 고개를 갸웃하며 대답했다.

"자네가 찾는 물건의 종류부터 먼저 말씀해 보시게."

이안은 잠시 고심한 뒤 대답했다.

"딱히 찾는 물건은 없습니다. 말씀드렸다시피 제가 원래 골동품에 관심이 많아서요. 어떤 종류의 물건이든, 멋진 물건을 구입하고 싶을 뿐입니다."

레노반스에게 얘기한 것처럼, 이안은 딱히 찾는 물건이 있는 게 아니었다.

단지 뭐 하나 건질 게 없을까 싶은 마음에 골동품 상점을 들어왔을 뿐이었다.

'일전에 어떤 녀석은 히든 클래스 전직 아이템을 골동품 상점에서 건지기도 했다는데……'

그것은 정말 대박 케이스 중의 대박 케이스였지만, 원래 도박은 대박을 노리고 해야 하는 법이다.

이안의 눈이 반짝였다.

"후후, 자네, 볼수록 마음에 드는구먼. 어쭙잖은 여행객들이 와서 내 상점에서 강력한 무기들을 구하고 싶어 하는 경우가 많은데, 자네는 다르군."

시스템 메시지가 다시 울려 퍼졌다.

─카필라성의 골동품 상점 주인인 '레노반스'와의 친밀도가 10포인트만큼 상승했습니다.

그리고 레노반스의 말이 다시 이어졌다.

"따라오시게. 내, 특별히 자네에게는 3층을 공개하도록 하지."

그 말에 이안의 눈이 살짝 커졌다.

'3층? 원래는 들어갈 수 없는 구역을 오픈해 주겠다는 건가?'

이안의 눈에 기대감이 어리기 시작했다.

지금까지 갔었던 어떤 지역보다 레벨대가 높은 숨겨진 지역, 그리고 그곳의 골동품 상점에 있는 특별한 구역이라니.

기대가 되지 않는 것이 더 이상할 정도였다.

삐걱삐걱-.

레노반스가 발을 내딛자, 나무로 만들어진 계단이 삐걱거리는 소리를 냈다.

그리고 이안은 천천히 그를 따라 걸음을 옮기기 시작했다.

'뭐가 있을까? 지금 착용한 장비 중에서는 장신구나 신발이 가장 능력치가 떨어지는데…… 겜블 대박 한번 났으면 좋겠네.'

그런데 걸음을 옮기던 이안은 문득 뭔가 허전한 것을 느꼈다.

그리고 그 허전함의 정체는 바로, 카카의 존재였다.

당연히 자신을 따라오고 있었어야 할 카카가 보이지 않던 것이었다.

"음……?"

이안은 계단을 오르다 말고 주변을 둘러보았고, 1층 구석에서 무언가에 흠뻑 빠져 있는 카카를 발견했다.

"야, 카카, 빨리 따라 올라와."

이안의 말에 정신없이 무언가를 보고 있던 카카가 고개를 픽 들더니 끄덕였다.

"알겠다, 주인아."

카카는 곧바로 허공으로 두둥실 떠올라 이안을 향해 날아왔다.

그런데 날아오는 카카의 손에 낡아 보이는 책 한 권이 들려 있었다.

이안이 고개를 갸웃하며 카카에게 물었다.

"그건 뭔데? 왜 가지고 온 거야?"

카카가 이안에게 말했다.

"주인아, 이거 사자."

밑도 끝도 없는 카카의 말에 이안은 당황스러운 표정이 되어 물었다.

"그게 뭔데?"

카카가 어깨를 으쓱하며 대꾸했다.

"아니 주인아, 골동품 상점에서 물건을 사는 데, 뭔지 알고 살 방법도 있냐?"

그 말에 이안이 멋쩍은 표정으로 뒷머리를 긁적였다.

"그, 그런가?"

하지만 이안은 바보가 아니었다.

그런 사실을 생각하지 못한 게 아니었다.

단지 항상 게임 내 지식에 있어서 타의 추종을 불허하는 능력을 보여 줬던 카카라면, 뭔가 골동품 상점에서도 진귀한 물건을 알아보는 능력이 있을지도 모른다고 생각한 것이었다.

"아무튼 사자, 주인아."

"으음……."

그래도 이안은, 카카가 저렇게 흥미를 보이는 물건이라면 무언가 특별한 점이 있을지도 모른다는 생각을 했다.

이안은 물건의 정보를 한번 확인해 보았다.

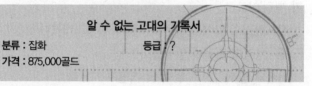

**알 수 없는 고대의 기록서**

분류 : 잡화          등급 : ?
가격 : 875,000골드

다른 것보다 가격부터 확인한 이안은, 제법 비싼 값에 조금 고민했다.

'장비류도 아니고 낡아빠진 종이쪼가리 주제에 거의 1백만 골드라고?'

87만 골드가 이안에게 그리 큰돈은 아니었지만, 그래도 결코 아무 생각 없이 지출할 만한 액수도 아니었다.

하지만 이안은 카카를 믿고 한번 도박을 해 보기로 했다.

"그래, 알겠다. 들고 있어. 이따가 한 번에 구매하게."

카카가 밝은 표정으로 고개를 끄덕였다.

"고맙다, 주인아."

카카가 이안의 어깨에 사뿐히 내려앉자, 이안은 다시 레노반스를 따라 계단을 오르기 시작했다.

레노반스는 둘이 대화하는 동안 잠시 멈춰 있었는데, 흥미로운 표정으로 둘의 대화를 구경했다.

그리고 다시 걸음을 옮기던 레노반스가 뭔가 생각난 게 있는지 슬쩍 뒤를 돌아보았다.

그의 시선이 멈춘 곳은 이안의 어깨였다.

"흐음? 그러고 보니, 자네를 따라다니는 저 녀석은 '카르가 팬텀'이로군."

레노반스의 말에, 이안의 두 눈이 휘둥그레졌다.

'음, 카카의 정체를 알아봤다?'

카카와 함께한지도 벌써 몇 개월이 지났다.

하지만 아직까지 유저는 물론 NPC를 통틀어도 아무도 카카의 정체를 알아보는 이는 없었다. 정확한 정체를 꿰뚫어 보기는커녕, 카카도 이안의 소환수 중 하나라고 대부분이 짐작했던 것이다.

하지만 놀란 이안과는 달리 카카는 별로 동요하지 않은 표정이었다.

카카가 입을 열었다.

"맞다, 역시 선택받은 인간들은 내 정체를 알아보는군."

레노반스는 피식 웃어 보인 뒤 다시 계단을 오르기 시작했고, 이안만이 어리둥절한 표정으로 둘을 번갈아 응시했다.

'둘이 무슨 소리를 하는 거야?'

그리고 그런 이안의 심중을 알아차린 카카가 짧게 한 마디를 해 주었다.

"너무 궁금해하지 마라, 주인아. 곧 알게 될 테니까."

그에 이안은 고개를 끄덕이며 다시 걸음을 옮겼다.

카카가 말한 '선택받은 인간'이라는 단어가 궁금하기는 했지만, 지금은 이 골동품 상점의 숨겨진 장소에 들어가는 것이 더 중요했다.

쾅- 콰쾅-!

대규모 전투가 벌어지고 있는 널따란 고원.

그리고 대부분이 산악 지형으로 이루어진 대형 맵의 여기저기에서, 강력한 폭발음이 쏟아져 나오기 시작했다.

깎아지듯 아슬아슬한 바위 봉우리의 여기저기에서 번쩍거리며 스킬 이펙트가 뿜어져 나오는 광경은 가히 장관이라고 할 수 있었다.

하지만 관전자의 입장에서나 감탄할 만한 광경이었지, 이안에서 전투 중인 유저들은 그야말로 죽을 맛이었다.

이곳은 리벨리아 고원이었고, 북부 대륙 차원 전쟁의 현장이었으니 말이다.

"일단 다음 방어 진영으로 후퇴해요! 여긴 더 이상 무리예요!"

이안이 사라진 이후, 북부 대륙의 전투 지휘는 다시 서희가 맡아서 하고 있었다.

그녀의 이마 여기저기에서는 땀이 비오듯 쏟아지고 있었고 장비도 이미 너덜너덜해진 상태였지만, 눈빛만은 살아 있었다.

'후우, 오늘도 조금만 더 힘내면 리벨리아 고원은 지켜 낼 수 있겠어.'

이안이 자리를 비우고 이틀 뒤.

토벌대는 마계 진영의 맹렬한 공세에 슈랑카 평원을 내어 줄 수밖에 없었다.

하지만 이전처럼 허무하게 내어 준 것이 아니라 전략적인 후퇴에 가까웠기 때문에, 유저들의 사기가 떨어지지는 않은 상태였다.

'확실히 이안 님의 빈자리가 크긴 해.'

정말 아무런 장애물 없이 넓은 초원이 펼쳐져 있는 슈랑카 평원은, 마구잡이로 날뛰는 마족들을 상대하기에 좋지 않은 맵이었다.

반면에 리벨리아 고원은, 전략만 잘 짜면 효율적으로 더 비교우위에 있는 적들을 막아 낼 만한 장소였다.

서희는 이안과 함께 전투를 하며 느낀 부분이 많았고, 그것들을 응용하여 훌륭히 북부 지역을 막아 내고 있었던 것이다.

'하지만 이대로라면 여기도 길어야 닷새를 더 버티지 못하겠지.'

이제 차원 전쟁이 시작된 지도 삼 주 차에 접어들고 있었다.

초반과는 느껴지는 난이도 상승폭이 차원이 달랐던 것이다.

'후우, 여기 뚫리고 나면 제국 국경까지는 순식간일 거야.'

리벨리아 고원은 차원문이 오픈된 맵인 슈랑카의 바로 다음 지역이었고, 제국 국경까지는 그 뒤로도 세 개 정도의 맵이 남아 있었다.

하지만 남아 있는 맵들은 마계 진영의 공격을 막아 내기에 그리 적합한 곳이 아니었으며, 맵 자체도 넓지 않았다.

서희는, 리벨리아 고원이 뚫리는 순간 하루나 이틀 내로 국경까지 뚫릴지도 모른다고 생각했다.

'그 전에 이안 님이 돌아오셔야 할 텐데……'

이안은 분명히 돌아온다고 했고, 북부 대륙의 랭커들은 그 말만 믿고 있었다.

차원 전쟁은 반드시 토벌대 연합의 승리로 마무리되어야만 했다.

마계군을 막아 내지 못한다면, 북부 대륙 유저들의 터전이 사라지고 말 것이었다.

"오호!"

레노반스를 따라 골동품 상점의 최상층까지 올라온 이안은 눈을 휘둥그렇게 떴다.

확실히 3층에 진열되어 있는 물건들은, 그 외형부터가 남달랐기 때문이었다.

그런데 그때, 이안의 눈앞에 새로운 시스템 메시지가 떠올랐다.

띠링-.

-카필라 성의 유물 상점에 입장하셨습니다.

-숨겨진 지역에 입장하는 데 성공하셨습니다.

-명성이 3,500만큼 증가합니다.

숨겨진 지역이기는 했으나 진입 난이도가 어렵지 않아서인지 명성치는 얼마 주어지지 않았다.

'뭐야, 병아리 눈물만큼 주네.'

이안은 속으로 투덜거렸지만, 크게 개의치는 않았다.

당장에 눈앞에 보이는 아이템들이 너무 먹음직스러워 보였으니까.

꿀꺽-.

하지만 이어서 떠오른 메시지에 이안의 표정이 살짝 일그러질 수밖에 없었다.

－유물 상점에서는, 한 번 입장시 세 개 이상의 아이템을 구매할 수 없습니다.

－유물 상점은 한 번 아이템을 구매하고 나면, 일정 시간이 지나야 다시 입장할 수 있습니다.

이안이 뒷머리를 긁적이며 레노반스를 향해 물었다.

"레노반스 님, 한 번에 여러 가지 물품을 구입해도 됩니까?"

레노반스가 고개를 끄덕이며 대답했다.

"최대 두 개까지는 상관이 없네. 이 최상층에서는 한 번에 세 개 이상의 아이템은 구매할 수가 없다네."

"돈이 있어도요?"

"그렇다네. 그게 내 선대로부터 지금까지 이어져 온 룰일세."

"쩝⋯⋯."

이안은 마른침을 삼키며 물건들을 하나하나 뜯어 보기 시작했다.

한 번에 최대 두 개까지의 아이템밖에 구매하지 못한다는 사실을 알게 된 탓인지, 그의 눈빛은 더욱 신중해졌다.

'무기들의 외형이 하나같이 화려해. 이 정도면 못해도 유일 등급이나 영웅 등급은 될 법한 장비들이야.'

카일란도 다른 게임과 마찬가지로, 장비 외형이 멋드러질수록 더 높은 등급의 고급 장비일 확률이 높았다.

하지만 그렇다고 해서, 외형만 가지고 좋은 장비일 것이라고 확신할 수는 없었다.

장비 등급이 영웅 등급 이상으로 올라가면, 그 화려함에서 큰 차이가 나지 않기 때문이었다.

게다가 장비 등급이 높다고 해서 다 좋은 아이템인 것도 아니었다.

아무리 영웅 등급의 장비라도, 옵션으로 달려 있는 고유 능력의 가치가 떨어진다면, 별로 좋은 장비라고 할 수가 없었으니까.

'아직 전설 등급의 장비 중에서는 옵션이 나쁜 걸 본 적은 없지만 말이지.'

보통 무기에 달릴 수 있는 고유 능력 중에서는, 일반 공격 시 확률적으로 추가 공격이 터지는 옵션을 최상급의 옵션으로 분류한다.

조금 더 세부적으로 들어가면, 그 안에서도 직업군에 따라 선호하는 옵션이 달라지기도 했다.

예를 들어 마법 대미지를 주로 입히는 흑마법사나 마법사 클래스의 경우, 확률 발동으로 붙어 있는 추가 공격은 물리 공격을 더 선호한다.

반면에 물리 공격을 주로 하는 나머지 클래스의 경우, 추가 공격이 마법 공격인 장비를 더 선호한다.

그 옵션이 클래스의 부족한 부분을 상호 보완해 주기 때문이다.

간단하게 예를 들어 설명하자면, 모든 스킬 공격이 물리 대미지를 입히는 전사 클래스의 경우 물리 방어력이 높고 마법 방어력이 약한 몬스터를 상대할 때 어려움을 겪는 경우가 많다.

그런데 무기에 n퍼센트의 확률로 마법 피해를 입히는 옵션이 있으면, 그런 까다로운 적들을 효과적으로 상대할 수 있게 되는 것이다.

이안의 무기인 정령왕의 심판에 붙어 있는 고유 능력 '심판의 번개'의 경우가 바로 그랬다.

심판의 번개는 정령 마력에 비례하는 피해를 입히는 추가발동 공격 능력인데, 이 또한 마법 대미지로 분류되는 것이다.

소환수들의 고유 능력이 대부분 물리 공격에 치중되어 있는 이안의 입장에서, 이 정령왕의 심판은 무척이나 좋은 능력이었다.

물론 강력한 광역기인 카르세우스의 브레스가 마법 공격이기는 했지만, 재사용 대기 시간이 무척이나 길다는 단점을 가지고 있었다.

어쨌든 이안은, 자신이 원하는 옵션의 아이템을 건질 수 있길 바라며 장비들을 꼼꼼히 살폈다.

그리고 이안의 어깨에 앉은 카카는, 그가 아이템을 집어들 때마다 잔소리를 시전했다.

"그 물건은 별로다, 주인아."

"왜?"

"천 년 전 차원 전쟁에서 고대 장갑기병들이 쓰던 갑주랑 비슷한 디자인이다. 내구도나 방어력이 뛰어나서 괜찮은 물건이기는 하지만, 너무 무겁고 옵션이 별로일 거야."

"그럼 이건?"

"음, 이것도 어디서 본 것 같은데……. 아, 하이 엘프들이 즐겨 사용하던 세인트라니아 장궁인 것 같다. 지금까지 본 물건 중에 최고야."

"그럼 일단 킵?"

"근데 주인한테는 별로 필요 없는 물건 아니냐?"

"그건 그렇지."

"빨리 다른 거 보자."

"오키."

호칭을 생략한다면, 누가 주인이고 누가 노예인지조차 보를 기묘한 두 주종 간의 대화를, 레노반스는 흥미로운 표정으로 지켜보고 있었다.

레노반스가 이안을 향해 말했다.

"앞으로 1시간 안에는 물건을 선택하시게. 난 아래층에 내려가 있을 테니 말이야."

이안은 레노반스를 쳐다보지도 않은 채 씩씩한 목소리로 대답했다.

"알겠습니다, 레노반스 님!"

그리고 레노반스가 내려가자, 카카와 이안은 더욱 적극적으로 장비들을 뒤지기 시작했다.

'유물 상점'이라 명명되어 있는 골동품 상점의 3층은, 아래 층들과 비교해도 그 규모의 차이가 별로 없었다.

진열되어 있는 아이템의 종류와 숫자가 엄청나게 많다는 이야기다.

이안은 마치 노예시장에서 카카를 찾았을 때와 비슷하다는 생각을 했다.

'그때 대충 골라 버렸으면, 카카 같은 복덩이를 얻지 못했 겠지.'

이안의 입장에서 카카는 정말 어마어마한 복덩이였다.

전투 능력이 제로에 수렴하기는 했지만, 카카가 가진 지식이라면 그 단점을 여러 번 상쇄하고도 남을 수준이었던 것이다.

게임에서 콘텐츠에 대한 정보는 무척이나 중요했다.

특히 이안처럼 선두 클래스에 있는 유저일수록 더욱 그 랬다.

대부분의 콘텐츠를 스스로 개척해야 하는 입장이니 당연한 것이었다.

"이건 일단 킵. 다음 거로……."

카카는 유물 상점에 있는 물건들 중, 거의 70퍼센트 정도의 아이템들에 대한 정보를 가지고 있었다.

그리고 그 능력에 힘입어, 이안은 정확히 1시간 만에 구입할 아이템을 두 개로 추리는 데 성공할 수 있었다.

"이렇게 픽스?"

이안의 물음에 카카가 고개를 끄덕였다.

"그렇게 하자, 주인아."

아이템을 고르는 데 성공한 둘은, 계산하기 위해 아래층으로 걸음을 옮겼다.

하지만 이안은 그냥 내려간 것이 아니었다.

1층과 2층에는 아이템 구입에 제한이 없었기 때문에, 괜찮아 보이는 아이템을 닥치는 대로 집어든 것이었다.

카카가 어이없는 표정으로 물었다.

"이거 다 살 거냐, 주인아?"

이안이 고개를 끄덕였다.

"응, 다 산다."

"너무 많이 사는 거 아니야?"

"이 정도 사면 한두 개는 얻어 걸리겠지."

"……."

어쨌든 1층으로 내려와 레노반스를 찾은 이안은, 가지고 온 모든 아이템들을 전부 계산했다.

-'알 수 없는 고대의 철검' 아이템을 구매하셨습니다.

-1,756,800 골드를 소모합니다.

-'신비한 명사수의 장궁' 아이템을 구매하셨습니다.

−2,217,000 골드를 소모합니다.

(후략)

전부 구매하고 나니, 가지고 있던 모든 골드가 바닥나 버렸다.

물론 길드 보관함 같은 곳에 훨씬 많은 양의 골드를 따로 보관하고 있기는 했지만, 그래도 한순간에 수천만이 넘는 골드를 사용해 버린 것이었다.

하지만 이안은 딱히 아깝지 않았다.

오히려 기분이 좋은지 입가에 함박웃음이 걸려 있었다.

'계정 귀속 옵션 안 붙어 있는 전설 장비 하나만 먹어도 이득이니까!'

평균 이상의 능력을 가진 전설 장비는 현 시세로 못해도 6~7천만 골드 이상을 호가했다.

그런 아이템 하나만 먹으면 방금 쓴 돈은 가볍게 회수하는 것이었고, 이안은 자신의 감을 믿었다.

"카카."

"불렀냐, 주인아?"

"이제 한번 까 볼까?"

"좋다."

계산을 마친 둘은, 골동품 가게의 구석에 비치되어 있는 의자에 앉아서 구매한 아이템을 쭉 늘어놓았다.

그리고 이안의 갬블이 시작되었다.

띠링-!

-골동품 감정 완료!

-전설 등급의 아이템을 감정하는 데 성공하셨습니다!

이안의 손에 쥐여 있던 갑주가 황금빛으로 빛나기 시작
했다.

-뛰어난 아이템을 감정하는 데 성공하셨습니다.

-'안목' 능력치가 5포인트만큼 상승합니다.

-'행운' 능력치가 1포인트만큼 상승합니다.

골동품을 감정하는 데에는, 딱히 감정 스킬 같은 게 필요
하지 않았다.

누구든 감정 주문서만 가지고 있으면 곧바로 감정이 가능
한 게 골동품이었다.

그래서 전설 등급의 아이템을 감정하는 데 성공하더라도
감정 스킬의 레벨이 오른다거나, 탐험가 클래스의 숙련도가
오르는 것은 아니었다.

대신에 골동품이 높은 등급의 아이템으로 감정되면, '안
목' 스탯과 '행운' 스탯이 상승한다.

'안목' 스탯은 높아질수록 적 몬스터의 정보를 확인할 때나
감정되지 않은 아이템의 정보를 확인할 때 더 많은 정보를
볼 수 있도록 해 주는 능력이다.

그리고 '행운' 스탯은 정확히 알려지지는 않았지만, 아이템 드롭율이나 겜블의 성공 확률 등 운과 관련된 요소에 영향이 있는 능력치일 것이라는 추측이 많다.

둘 다 게임을 플레이하는 데 있어서 많은 도움을 줄 수 있는 보조 능력치들인 것이다.

이안은 신이 나서 골동품들을 계속 감정하고 있었다.

'크으, 이거 플루크인가? 내가 이렇게 운이 좋을 리가 없는데?'

사실 그가 운이 좋은 것은, 이안 본인을 제외하고는 모두가 알고 있는 사실이었다.

어쨌든 이안은, 벌써 두 개나 되는 전설 등급의 장비를 획득하는 데 성공했다.

게다가 쓸 만한 영웅 등급의 장비도 열 개가 넘게 획득한 상황.

이미 손익분기점은 한참 넘었다고 할 수 있었다.

"내가 그동안 겜블을 너무 무시했나 봐, 카카."

"그게 무슨 말이냐, 주인?"

"앞으로 적극적으로 도박을 애용하겠다는 소리지."

"아서라, 주인아. 그냥 오늘이 운이 좋았던 거다. 게다가 30퍼센트 싼값으로 구입했기에 이득 보는 거지, 원래 가격으로 샀으면 지금 그다지 이득도 아니야."

"그, 그런가?"

이안은 남은 장비들을 전부 감정했지만 영웅 등급의 장비만 두어 개 더 챙겼을 뿐, 전설 등급의 장비는 더 이상 얻을 수 없었다.

이안의 표정이 살짝 시무룩해졌다.

"에이, 한 개 정돈 더 건질 수 있을 줄 알았는데."

아쉬워하는 이안을 보며 카카가 작은 목소리로 중얼거렸다.

"도둑놈 심보가 따로 없네."

이안이 카카를 째려봤다.

"야, 내가 잘되면 너도 좋은 거야, 인마. 같이 아쉬워해 주진 못할망정……."

"내가 뭐가 좋은 건지 설명해 줘라, 주인아."

이안은 살짝 당황한 표정이 되었다.

"음, 그건……."

카카가 고개를 절레절레 저으며 다시 입을 열었다.

"됐으니까, 이제 최상층에서 구입한 아이템 두 개나 얼른 까 보자."

이안이 고개를 끄덕였다.

"그래, 마지막에 액땜 많이 했으니, 이건 대박 날지도 몰라."

이안은 감정이 끝난 아이템들을 인벤토리에 대충 집어넣어 놓고, 최상층에서 구입한 두 개의 물건을 조심스레 탁자에 올려놓았다.

숨겨진 장소인 '유물 상점'에서 구입한 아이템들이었기 때문에, 지금까지 감정했던 아이템들과는 기대치 자체가 달랐다.

이안이 어깨에 앉아 있는 카카를 슬쩍 돌아보며 물었다.

"잘 산 거 맞겠지?"

카카가 자신 있는 표정으로 대답했다.

"나 못 믿냐, 주인아?"

"아니, 믿지."

"그런데 왜 불안해하냐."

"아니, 불안한 건 아닌데……."

불안하다기 보단, 최상층에 있었던 수많은 화려한 장비들이 눈에 밟히는 것뿐이었다.

한차례 입맛을 다신 이안은 감정을 위해 첫 번째 물건을 집어 들었다.

그것은 이안의 손바닥만 한 크기의 낡은 '목함木函'이었다.

이안은 절대로 고르고 싶지 않았지만, 마지막 순간까지 카카가 우겨서 고르게 된 물건이었다.

'꽝일 것 같은 물건부터 먼저 감정해야지.'

표면에 디테일하고 화려한 문양이 조각되어 있는 고급스런 목함이기는 했지만, 워낙 낡은 데다 너무 평범해 보이는 외관에 이안은 큰 기대 없이 아이템 감정 스크롤을 쭉 하고 찢었다.

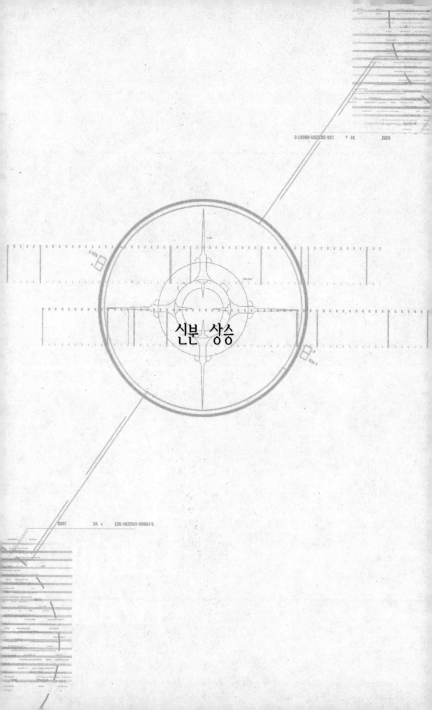

신분 상승

Taming Master

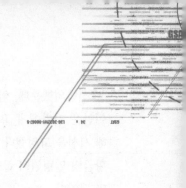

휘이잉-.

이안은 멍한 표정으로 눈앞의 목함을 응시했다.

'이게 뭐지?'

지금껏 아이템을 감정하면서 한 번도 본 적 없었던 화려한 이펙트였다.

탁자에 놓여 있던 목함이 허공으로 두둥실 떠오르더니, 그 주위로 강렬한 황금빛 파동이 일렁이기 시작한 것이었다.

그 파동은 격렬하게 움직이며 목함으로 빨려 들어갔고, 누렇고 얼룩덜룩해 볼품없던 목함의 외형이 천천히 금빛으로 물들어 가기 시작했다.

그리고 그 옆에 있던 카카가 씨익 웃으며 중얼거렸다.

"반신반의했는데, 역시 내 기억이 옳았어."

이안은 카카에게 고개를 돌려 물어보려다가 다시 목함을 향해 시선을 고정했다.

황금빛 일렁임이 끝난 목함이 어느새 이안의 손에 들려 있었던 것이다.

'감정이 끝난 건가?'

하지만 아직까지 감정이 끝났다는 시스템 메시지는 보이지 않았기에, 이안은 목함을 조금 더 지켜보았다.

그리고 그 순간, 이안의 손에 들려 있던 목함이 천천히 열리기 시작했다.

"어, 어어?"

이안은 황금빛으로 물든 함函의 내용물을 확인하고는 눈이 휘둥그레졌고, 이안의 눈앞에 시스템 메시지가 떠올랐다.

띠링-.

-'신화'등급의 유물을 감정하는 데 성공하셨습니다.

-신화적인 유물을 감정하는 데 성공하셨습니다.

-'안목' 능력치가 30포인트만큼 상승합니다.

-'행운' 능력치가 12포인트만큼 상승합니다.

-'전륜왕의 옥새' 아이템을 획득하셨습니다.

-왕국을 건국하는 데 필요한 열 가지 조건 중 하나가 충족되었습니다.

-현재 건국에 필요한 조건 달성률 : 30퍼센트 (3/10)

-고대 마우리아 제국의 옥새를 획득하여, 마우리아 제국 NPC들과의

기본 친밀도가 5만큼 상승합니다.

–'옥새' 아이템을 획득하여, 명성치가 50만 만큼 증가합니다.

메시지를 읽어 내려갈수록, 이안의 입은 점점 더 벌어졌다.

그만큼 놀라운 내용이었기 때문이었다.

'옥새? 옥새라고? 중부 대륙에선 그렇게 찾아도 구할 수 없었는데……!'

카일란을 플레이하는 유저의 90퍼센트 이상이 알고 있는 전투인 파이로 영지 방어전.

그 방어전 이후 마계 콘텐츠의 업데이트가 시작되기 전까지, 이안은 그저 카르세우스의 레벨만 올리고 있었던 것이 아니었다.

당시 이안은 중부 대륙의 던전이란 던전은 다 돌아다니면서 고대의 옥새를 구하고 있었다.

그것이 있어야만 공작과 대공을 넘어 곧바로 국왕이 될 수 있기 때문이다.

당시 커뮤니티에는, 중부 대륙에서 옥새를 구했다는 유저들이 두어 명 정도 존재했다.

전공 포인트로 전쟁의 탑에서 구매했다는 유저도 있었으며, 던전 보스를 잡고 획득했다는 유저도 있었다.

그렇기에 이안 또한 옥새를 얻기 위해 무척이나 노력했었던 것이다.

옥새는 기본적으로 계정 귀속 아이템이기 때문에, 다른 유저에게 살 수도 없었다.

'이거, 제대로 대박이다!'

사실 국왕이 되고 건국을 하는 데 옥새가 필수 요소인 것은 아니었다. 건국에 필요한 조건은 총 스무 가지 정도였고, 그중 열 가지만 충족하면 건국을 선포할 수 있었으니까.

다만, 그 조건들 중에 옥새가 중요한 이유는 따로 있었다.

옥새가 있어야만 국가를 선포했을 때 빠르게 성장시킬 수 있기 때문이었다.

이안은 흥분한 표정으로 옥새의 정보를 확인해 보았다.

---

### 전륜왕의 옥새

분류 : 유물　　　　　　　　　　등급 : 신화

내구도 : 350/350

과거 수만 년이 넘는 긴 세월 동안 '수미사주須彌四洲'를 통치했던 '전륜왕'의 옥새이다.

전륜왕의 옥새를 지닌 군주는, 강력한 통솔력을 가지게 되며, 뛰어난 지도자가 되어 태평성대太平聖代를 이룩할 것이다.

*옥새를 지니고 있는 유저의 통솔력이 35퍼센트만큼 상승합니다.

*옥새를 지니고 있는 유저의 모든 전투 능력이 3.5퍼센트만큼 상승합니다.

*옥새를 지니고 있는 유저의 명성이 100만 만큼 증가합니다. (옥새로 인해 증가된 명성은 사용할 수 없으며, 옥새가 파괴될 시 명성도 함께 사라집니다.)

*옥새를 가진 유저가 통치하는 나라의 모든 성장 속도를, 건국 이후 한 달 동안 30퍼센트만큼 증가시킵니다.

*옥새를 가진 유저가 통치하는 지역의 민심의 기본 수치가 5포인트만큼 증가합니다.(국가 이하의 거점 레벨에도 적용됩니다.)

---

아이템의 옵션을 확인한 이안은, 더욱 벌어지는 입을 다물지 못했다.

'역시 신화 등급의 아이템은 격이 다른 건가?'

일단 붙어 있는 옵션의 숫자부터가 전설 등급보다 훨씬 많았으며, 옵션 하나하나가 정말 꿀 같은 내용을 담고 있었다.

네 번째 옵션부터는 국가를 건국한 뒤에야 빛을 발할 옵션들이었고, 아직 정확히 어느 정도의 효과가 있을지 알 수 없었지만, 가장 위쪽에 붙어 있는 세 개의 옵션만으로도 이안은 이미 대만족이었다.

'통솔력 35퍼센트 증가라니, 이게 최고 꿀이네.'

거의 모든 소환수들의 등급이 전설 등급인 이안으로서는, 항상 통솔력 부족에 시달리고 있었다.

게다가 통솔력을 얼마 필요로 하지 않던 뿍뿍이마저, 진화로 인해 많은 통솔력을 요구하게 된 것.

한데 전체 통솔력의 35퍼센트를 증가시켜 주는 이 옵션이라면, 모자라는 통솔력을 메우고도 추가로 한둘 정도의 강력한 소환수를 테이밍할 수 있을 수준이었다.

이안은 카카의 머리를 격하게 쓰다듬었다.

"카카, 네가 짱이다!"

카카는 우쭐한 표정이 되어 거만하게 팔짱을 꼈다.

"내가 뭐랬냐, 주인아. 나만 믿으랬잖아."

이안에게 가장 꿀 같은 옵션은 통솔력을 올려 주는 첫 번째 옵션이었지만, 2, 3번 옵션도 만만치 않게 좋았다.

착용해야 하는 장비도 아닌 주제에 모든 전투 능력을 3.5 퍼센트나 올려 주는 두 번째 옵션도 그렇고, 안정적으로 명성치 100만을 보유하게 해 주는 세 번째 옵션도 정말 사기적이라고 할 수 있었다.

'명성치는 넘쳐날 정도로 많긴 하지만, 그래도 100만은 결코 작은 숫자가 아니니까.'

이안의 명성치가 아무리 많다고 해도 귀족 등급을 한 번에 두세 단계 껑충 올려 버리고, 건국에 필요한 조건들을 채우기 위해 명성을 사용하다 보면 금방 동나 버릴 것이 분명했다.

그때 안정적으로 이안의 명성치가 되어 줄 이 100만의 명성 수치는, 무척이나 든든할 것이었다.

그런데 행복에 빠져 있던 이안은 한 가지 궁금증이 생겼다.

'음, 근데 이 전륜왕의 옥새라는 게 어떻게 존재할 수 있는 거지?'

그 의문점이 생긴 이유는 간단했다.

지금 이안이 만나러 가야 하는 NPC가 바로 전륜성왕이었으니까.

이안이 전륜성왕을 만나려면 그가 이 차원계 안에 실존해야만 했고, 실존하는 NPC의 유물이 골동품 상점에 있다는 부분이 의아했던 것이었다.

하지만 의문은 잠시였다.

크게 중요한 부분이 아니라고 생각한 이안은 다시 실실 웃으며 옥새의 정보 창을 두 번 세 번 확인했다.

"크으, 좋아, 좋아!"

이안은 옥새를 끌어안고 행복한 비명을 질렀다.

그런 그의 옆으로 날아온 카카가 탁자에 놓여 있던 다음 아이템을 건드리며 이안에게 말했다.

"주인아, 이제 그만 좋아하고 다음 아이템 좀 까 보자."

그에 멋쩍은 표정이 된 이안은 옥새를 인벤토리에 조심히 챙겨 놓고는 탁자에 놓여 있던 아뮬렛을 집어 들었다.

그것은 무척이나 화려한 세공이 되어 있는 장신구였다.

"이제 주인이 고른 아이템이 얼마나 좋은 건지 확인할 차례다."

카카의 말에 이안은 조금 불안해졌다.

유물 상점에서 구입한 두 개의 물건 중, 옥새는 카카가 고른 것이었고 이 목걸이는 이안이 직접 고른 것이었기 때문이었다.

'으, 이상한 거 나오면 쪽팔리는데…….'

어차피 옥새 하나만으로 오늘 사용한 모든 골드를 전부 만회하고도 남는 상황이었다.

사실상 폐급 아이템이 나오더라도 상관없는 이안이었지만, 그렇게 되면 카카 보기가 무척이나 민망해지는 것이었다.

이안은 옥새를 감정할 때와는 비교도 할 수 없이 긴장된 표정으로, 아뮬렛 위로 감정 스크롤을 찢었다.

띠링-.

-'전설'등급의 장비를 감정하는 데 성공하셨습니다.

-전설적인 장비를 감정하는 데 성공하셨습니다.

-'안목' 능력치가 10포인트만큼 상승합니다.

-'행운' 능력치가 3포인트만큼 상승합니다.

이안은 감정이 끝나자마자, 메시지가 다 떠오르기도 전에 아이템의 정보 창을 확인했다.

그리고 아이템의 마지막 옵션까지 다 확인한 뒤, 안도의 한숨을 쉬었다.

"휘유, 그래도 괜찮은 아이템이라 다행이네."

다행히 카카에게 보여 주기 쪽팔릴 정도의 아이템은 아니었던 것이다.

거의 영웅 등급 이상이 보장되어 있는 3층에서 구매한 아이템이 전설 등급도 찍지 못했더라면, 카카에게 두고두고 놀림거리가 됐을 것이 분명했다.

아이템의 정보를 쭉 확인한 카카가 고개를 끄덕였다.

"이 정도면 선방했다, 주인아. 괜찮은 아이템이네."

"그렇지? 내가 쓰긴 좀 애매해도, 경매장에 올리면 5천만 골드는 가볍게 넘길 수 있겠어."

이안이 획득한 목걸이는 완벽히 빙계 마법사 전용으로 옵션이 세팅되어 있는 상등급의 전설 장비였다.

게다가 가장 훌륭한 부분은 계정 귀속 장비가 아니라는 점이었다.

만약 다른 옵션이 아무리 좋다고 해도, 계정 귀속 옵션이 붙어 있었다면 정말 폐급 아이템이 될 뻔한 것이었다.

이안에게 마법사 전용 목걸이는 아무 짝에도 쓸모가 없었으니까.

'피올란 님이 탐내시면 싼값에 넘기든가 해야겠어.'

어쨌든 마지막까지 겜블에 성공한 이안은, 뿌듯한 표정으로 골동품 상점을 나올 수 있었다.

이제 이안이 가야 할 곳은 전륜왕을 만나기 위해 거쳐야 한다는 '시험의 관문'이었다.

"네? 시험의 관문에 도전하려면 크샤트리아 계급이 되어야 한다고요?"

"그렇다. 감히 수드라 계급이 이 관문에 발을 들이다니. 여봐라, 얼른 저자를 쫓아 내거라!"

"예, 대장!"

"아, 알겠어요. 제 발로 나갈게요. 자, 잠깐……!"

시험의 관문에 도착한 이안은, 관문의 내부에 들어가 보기도 전에 입구에서 제지를 당했다.

이유는 이안의 계급이 너무 낮다는 것이었다.

이안은 400레벨에 가까운 경비병들이 다가오자 기겁을 하며 시험의 관문을 빠져나와 한숨을 푹 쉬었다.

"아오, 좀 쉽게 쉽게 진행되면 어디 덧나나. 크샤트리아는 또 뭐야? 계급 이름도 정말 희한하네."

중얼거리는 이안의 옆에는 여러 가신들도 함께 있었다.

이안이 관문에 도착하기 전, 평원에 두고 왔던 가신들을 전부 데려왔기 때문이었다.

이제는 마우리아 제국의 시민권이 있었기에 가능한 일이었다.

이안의 옆에 있던 카이자르가 말했다.

"크샤트리아는 마우리아 제국의 기사 계급과 비슷한 거다, 영주 놈아."

카이자르의 말에 이안이 고개를 돌리며 눈을 크게 떴다.

"오, 그래? 그럼 제법 높은 계급이겠네?"

카이자르가 고개를 끄덕였다.

"그렇다. 수드라 계급 위에 평민, 상인 계급인 바이샤가 있고, 그 위 계급이 크샤트리아 계급이다."

"아하."

이안은 막막함이 느껴졌다.

'아니, 한 개 계급도 아니고 두 계단이나 올려야 저 관문에 도전할 자격이 생긴다는 거야?'

이안이 다시 카이자르를 응시하며 물었다.

"그런데 카이자르, 너는 이런 정보를 어떻게 알고 있는 거야?"

카이자르가 잠시 생각하더니 고개를 저었다.

"나도 잘 모르겠다. 그냥 알고 있다."

그 말에, 이안은 혹시나 하는 마음이 들었다.

'혹시 그럼 카이자르가, 계급 승급을 시키기 위해 뭘 해야 하는지도 알고 있지 않을까?'

이안이 곧바로 물었다.

"그럼 카이자르, 크샤트리아가 되기 위해서는 뭘 해야 하는지 혹시 알아?"

그리고 놀랍게도 카이자르의 입에서 대답이 술술 흘러나왔다.

"마우리아 제국의 공적치를 쌓으면 된다."

"공적치?"

카이자르가 고개를 끄덕였다.

"마우리아 제국 무관武官으로 가서 이름을 등록하고, 남섬부 주 외곽에 있는 몬스터들을 사냥하면 공적치를 올릴 수 있다."

이안은 카이자르가 가진 의외의 지식에 놀란 표정이었고, 카카 또한 흥미로운 표정으로 둘의 대화를 듣고 있었다.

마우리아 제국의 계급 체계에 대해서는 카카도 어느 정도 알고 있었지만, 공적치를 쌓아서 신분을 상승시킬 수 있다는 것은 처음 알았기 때문이었다.

이안은 머릿속으로 날짜를 계산해 보았다.

'이제 남은 시간은 길게 잡아 봐야 보름 정도…… 보름도 아니지. 늦어도 열흘 내에는 모든 퀘스트를 끝내고 토벌대를 지원하러 가야 해.'

이안이 카이자르에게 물었다.

"카이자르, 혹시 그 무관이라는 곳이 어디 있는지 알고 있어?"

카이자르가 고개를 저었다.

"그건 나도 잘 모른다."

이안은 곧바로 가지고 있던 지도를 펼쳐 무관의 위치를 확인했고, 빠르게 그곳을 향해 이동하기 시작했다.

생각지도 못한 난관으로 인해, 이제는 남은 시간이 정말 촉박해지고 말았다.


마우리아 제국의 공적치를 올려, 신분 세탁을 하는 것은 처음부터 쉬워 보이지는 않았다.

마우리아 제국이 있는 이 남섬부주라는 맵 자체가 워낙에 고레벨 위주로 구성되어 있는 맵이었고, 무엇보다 시간이 너무도 촉박했기 때문이다.

계급을 두 계단이나 올리는 데 필요한 공적치가 적을 리도 없었고, 공적치 자체도 쉽게 쌓을 수 있을 리가 없었다.

이안은 지금까지 그 어느 때보다도 눈에 불을 켜고 빡세게 사냥하고 있었다.

"주인아, 우리 반나절 동안 올린 공적치가 몇 정도지?"

"글쎄, 잠시만."

카카의 물음에 이안은 쌓여 있는 공적치를 확인했고, 한숨이 절로 나왔다.

"이제 170포인트 정도 모았어."

카이자르가 옆에서 빙글거리며 말했다.

"망했네. 이래서 어떻게 며칠 내로 승급을 하겠냐, 영주 놈아?"

수드라 계급인 이안이 바이샤가 되기 위해서는, 1천 포인트라는 공적치가 필요했다.

이안도 여기까지는 충분히 할 만하다고 생각했다.

반나절 동안 170포인트 정도밖에 못 모으기는 했지만, 점점 적응될수록 사냥 속도는 빨라질 것이고, 결국 한 이삼일 정도면 바이샤까지는 될 수 있을 것이라는 계산이었다.

하지만 크샤트리아 계급으로의 진급에 필요한 공적치가 문제였다.

'5천 공적치는 정말 답이 없네.'

바이샤 계급에서 크샤트리아 계급으로 계급을 올리기 위해 필요한 공적치는, 무려 5천이었기 때문이다.

이것은 이안이 아무리 날고 기어도, 어떻게 할 수 없는 공적치 양이었다.

이안이 턱을 만지작거리며 카카에게 물었다.

"어떻게 방법이 없을까, 카카?"

이안의 물음에, 카카가 심드렁한 표정으로 대답했다.

"방법이 왜 없겠냐, 주인아. 물론 있지."

이안이 눈을 크게 뜨고는 다시 물었다.

"뭔데? 빨리 얘기해 봐. 지금 시간 촉박한 건 너도 잘 알잖
아."

카카가 대답했다.

"왜 항상 솔플을 하려고 하냐, 주인아? 파티 사냥을 좀 해
라."

"음……?"

"파티 사냥을 하면 경험치는 깎이겠지만, 공적치는 그와
관계없이 사냥한 몬스터 숫자에 비례한다."

"……!"

이안이 대부분의 사냥을 혼자 하는 것은, 경험치 분배 방
식이 아주 비효율적인 소환술사의 경험치 획득 시스템 때문
이었다.

파티로 쪼개져 들어온 경험치를 다시 소환수들과 쪼개어
받게 되니, 파티 사냥이 달가울 리가 없는 것이었다.

하지만 지금 상황에서는 얘기가 달랐다.

파티가 몇 명이든 몬스터만 많이 처치하면 공적치는 전부

Taming
Master
테이밍마스터

쌓이게 될 것이고, 그렇다면 강력한 인원이 많을수록 속도는 훨씬 빨라지게 되어 있다.

공적치를 나눠 먹지 않는다는 부분은, 파티 사냥을 해 보지 않아도 알 수 있는 부분이었다.

이미 이안의 가신들도 그와 똑같은, 최대 공적치량을 받아가고 있었으니까.

하지만 문제가 하나 있었다.

"야, 카카, 근데 여기서 파티 사냥을 어떻게 하냐? 누가 이 맵에 있어야 파티 사냥을 하든 말든 하지."

그에 카카가 어이없는 표정으로 대꾸했다.

"주인아, 갑자기 머리가 나빠지거나 한 건 아니지?"

"뭐?"

"그리퍼한테 받은 차원 마력 충전기, 잊은 거냐?"

"……!"

"심지어 저번에 충전기 받자마자 차원 이동 구슬에 꽂아 놓은 걸로 아는데?"

이안은 멍한 표정이 되었다.

차원 이동 구슬은 그야말로 까맣게 잊고 있었기 때문이었다.

"아…… 그러네?"

차원 이동 구슬은, 단순히 이안 한 명만 이동시켜 주는 장비가 아니었다.

이안이 가 본 위치 중 원하는 곳에 2분 동안 포털을 열어 주는 장비였던 것이다.

포털이 열린다는 소리는 다른 유저들도 그 포털을 이용할 수 있다는 소리이니, 이안은 2분 동안 제한 없이 다른 유저들을 끌고 들어올 수 있는 것이다.

그렇다면 마지막 남은 관문은, 차원 이동 포털을 여는 데 필요한 차원 마력이 전부 충전되었냐는 것이었다.

'지난번에 보니까, 한 10분에 1포인트 정도 차는 것 같던데…… 충전은 다 되었으려나?'

10분에 1포인트면 하루에 150 정도의 포인트가 찬다는 의미였다.

1천 포인트를 모아야 차원 간의 포털을 여는 것이 가능했으니, 거의 일주일 정도가 지난 지금이면 대충 포인트가 다 모였을 것도 같았다.

이안은 서둘러 '차원의 구슬'의 충전량을 확인해 보았다.

**차원의 구슬**

**충전량** : 957/1,000(95.7퍼센트)

"음……."

이안은 서둘러 풀 차징이 될 때까지 남은 시간을 계산해 보았다.

'한 7~8시간 정도만 있으면 풀 차징이 되겠어.'

지금이라도 차원의 구슬을 생각해 낸 것이 정말 다행이라는 생각을 하며, 이안은 데리고 올 인물들을 머릿속으로 떠올려 보았다.

'지금 한창 차원 전쟁 중일 테니까 길드원들을 너무 많이 빼 올 수는 없어. 가장 효율적으로 사냥을 도와줄 수 있는 서너 명만 데리고 오면 돼.'

어차피 어중간한 유저라면 평균 레벨이 300정도인 이 남섬부주에서 도움 자체가 안 될 것이었다.

그리고 이안이 가장 먼저 떠올린 사람은…….

'레미르 님이라면 확실히 큰 도움이 되겠지.'

가장 최근에 손발을 맞춰 보았던 레미르였다.

─이안 : 안녕하세요, 레미르 님. 그동안 잘 지내셨어요?

중부 대륙 차원 전쟁의 현장.

마족들과 마수들이 득실거리는 전장의 한복판에서 열심히 마법을 캐스팅하던 레미르는, 뜬금없이 떠오른 한 줄의 메시지에 당황해서 캐스팅 중이던 마법을 취소할 뻔했다.

'뭐야, 이 뜬금없는 메시지는?'

이안이라는 아이디를 보자마자, 레미르는 여러 가지 미묘한 감정이 동시에 떠올랐다.

황당함, 반가움, 무서움, 어이없음 등…….

어쨌든 전장의 뒤쪽으로 살짝 빠지면서, 레미르는 곧바로 답 메시지를 보냈다.

-레미르 : 오랜만이네요, 이안 님. 어쩐 일이시죠?

그리고 이안으로부터 곧바로 대답이 돌아왔다.

-이안 : 아, 다른 게 아니라 레미르 님의 도움이 좀 필요해서요.

레미르는 더욱 당황한 표정이 되었다.

아무리 생각해도 이안이 자신에게 도움이 필요한 일이 있을 것 같지 않아 보였기 때문이었다.

-레미르 : 도움요? 무슨 도움……?

-이안 : 제가 지금 좀 빡센 퀘스트를 하고 있는데요, 이게 마계 침략군을 저지시킬 수 있는 퀘스트예요.

-레미르 : 네? 좀 더 자세히 설명해 주시겠어요?

-이안 : 아, 그러니까, 이 퀘스트를 완성해서 몇 가지 아이템을 얻으면…….

이안은 레미르에게, 자신이 진행 중인 퀘스트를 제법 자세하게 설명했다.

모든 것을 설명해 준 것은 아니었지만, 적어도 퀘스트를 완수하기만 하면 마계침략군을 막아 낼 수 있을 것이라는 사실을 충분히 이해할 수 있을 정도로는 설명을 한 것이다.

그렇게 해야만 차원 전쟁에 참여 중인 레미르가 이안을 도와주러 전장에서 이탈할 명분이 생기는 것이었으니까.

설명을 다 들은 레미르는 묘한 표정이 되었다.

'어쩐지…… 초반에 잠깐 보인 뒤로 차원 전쟁에 코빼기도 안 비치는 게 이상했어. 역시 어마어마한 퀘스트를 혼자 하고 있었네.'

레미르는 흥미가 동하는 것을 느꼈다.


-레미르 : 음, 대충 설명은 이해했고요, 그래서 제가 이안 님을 어떻게 도와드리면 되는 거죠?

-이안 : 한 닷새 정도 저랑 좀 빡세게 사냥해 주시면 됩니다.

-레미르 : 빡세게…… 말이죠?

-이안 : 네. 지난번보단 좀 더 빡세게……?


여기까지 메시지를 확인한 순간 레미르는 이안이 진행 중인 퀘스트에 대한 흥미도가 한순간에 바닥까지 떨어지는 걸 느꼈다.

'지난번 사냥보다 더 빡세게 할 거라고? 그게 사람으로서 가능한 거야?'

레미르가 답이 없자, 이안의 메시지가 다시 돌아왔다.

—이안 : 대신 획득 경험치나 템들은 지난번보다 더 좋을 거예요. 여기 필드 던전이 쌓여 있는데, 들어가기만 하면 죄다 최초 발견인 데다. 저한 테 필드 최초 발견 버프도 아직 많이 남아 있거든요. 파티원들한테 이 버프 전부 적용되는 거 아시죠?

레미르의 동공이 흔들리기 시작했다.

200레벨이 넘어간 이후, 레벨 업에 극심한 스트레스를 받고 있던 레미르에게 이안의 말은 너무 달콤하게 들렸기 때문이었다.

—레미르 : 으음, 그…… 혹시 제가 좀 생각해 볼 시간은 없는 거죠?

—이안 : 한 7시간 정도 생각해 보실 시간은 있습니다만, 못 오시면 미리 얘기해 주세요. 한 셋에서 다섯 정도 부를 건데, 레미르 님이 오시냐에 따라서 계획이 좀 바뀌거든요.

레미르는 선택의 기로에 빠지고 말았다.

그녀의 입장에서 이안의 제안은, 거의 악마의 유혹에 비견할 수준이었기 때문이었다.

하지만 획득하게 될 막대한 경험치와 아이템들을 생각하자, 레미르의 뇌는 점점 과거를 미화하기 시작했다.

'좀 힘들기는 했지만, 그래도 그렇게 체계적인 팀플을 할 기회가 또 어디 있겠어. 내 컨트롤 실력도 많이 향상되고 말이야.'

레미르는 자신도 모르게 자신을 설득시키고 있었다.

'심지어 사냥이 재밌었던 것도 같아. 아무래도 이번에는 이안 님을 좀 도와줘야겠어.'

마음이 기울어 버린 레미르가, 또다시 후회할 수밖에 없는 선택을 하고 말았다.


-레미르 : 알겠어요, 이안 님. 그럼 제가 몇 시까지 어디로 가면 되는 거죠?

-이안 : 앞으로 정확히 7시간 뒤에, 파이로 영지 영주성 앞 공터에 계시면 됩니다.

-레미르 : 아, 옙.


이안의 협박에 가까운 말이 더 이어졌다.


-이안 : 지금 일단 접속 종료하시고, 6~7시간 정도 푹 주무시고 오시는 게 좋을 거예요. 저도 그럴 예정이거든요.

-레미르 : …….

레미르의 입에서 자신도 모르게 한숨이 새어나왔다.

"후우……."

레미르는 망설임 없이 전투에서 빠져나와 접속을 종료했다.

어차피 중부 대륙의 전선에는 강자들이 무척이나 많았고, 레미르 한 명 빠진다고 크게 티가 날 정도가 아니었기 때문에 그녀를 찾는 사람은 많지 않았다.

"아, 이 형놈은 또 무슨 짓을 벌이려고 그렇게 어마어마하게 겁을 주는 거야?"

간지훈이는, 그동안 북부 대륙의 차원 전쟁 전선에서 활약하고 있었다.

이안이 자리를 비운 뒤 북부 대륙 전선은 급속도로 밀려내려오기 시작했고, 헤르스가 훈이에게 부탁하여 북부 대륙을 막아 달라고 부탁했기 때문이었다.

하지만 훈이는, 이안의 메시지를 받자마자 다른 로터스 길드의 랭커들에게 자신의 포지션을 넘기고 이안에게 합류하기로 결정했다.

이안으로부터 들은 퀘스트의 내용이 북부 대륙의 전투보다 최소 세 배 이상 흥미로웠기 때문이었다.

"발람, 너 혹시 마우리아 제국이라는 곳에 대해 아는 거 있어?"

훈이의 물음에, 데스나이트 발람이 훈이에게로 고개를 돌렸다.

발람은 그동안 제법 성장이 있었는지, 갑주부터 시작해서 많은 부분이 훨씬 멋있어진 모습이었다.

"정확히는 모르겠다, 주군. 하지만 고대의 제국 이름 중에 그런 제국이 있었다는 정도는 기억나는 것도 같다."

발람은 데스나이트였다.

그리고 데스나이트들은 '전생'을 가지고 있다.

발람 또한 오래 전 종횡무진 활약했던 한 인간 영웅의 전신을 가지고 있었다.

그랬기에 그 기억을 끌어오는 것이다.

"그렇군. 흐흐, 재밌을 것 같지 않냐?"

훈이의 말에 발람이 대답했다.

"흥미로울 것 같기는 하다. 마족들과의 전투도 재밌었지만 이안이라는 인간에 비하면 흥미가 많이 떨어지는 게 사실이다."

훈이의 입 꼬리가 슬쩍 말려 올라갔다.

"이안 형이랑 사냥하면 1~2업 정도는 확실히 보장된단 말이지……."

카노엘도 데려올까 했었지만, 그마저 빠진다면 북부 대륙의 전선이 너무 휘청할 것 같았기에 그냥 전선에 남기로 했다.

이안도 그게 좋을 것이라고 얘기했다.

카노엘도 어느새 제법 성장해서, 어지간한 랭커급의 활약은 보여 주고 있었으니까.

"한 7시간 정도 남았네. 눈 좀 붙여야겠다, 발람."

훈이의 말에 발람이 고개를 끄덕였다.

"알겠다, 주군."

발람의 대답을 들은 훈이의 신형이, 허공에서 희미해지더니 천천히 사라졌다.

로그아웃을 한 것이었다.

그렇게 이안은, 자신이 생각하는 최고 효율의 파티를 구상하여 한 명씩 지옥문(?)으로 초대하기 시작했다.

약속된 시간에 영주성의 앞에 모인 인원은 총 여섯이었다.

그들 중 레미르와 훈이는 이안이 직접 연락을 넣어 영입한 케이스였고, 나머지 다섯은 헤르스에게 부탁을 하여 괜찮은 랭커들로 모집을 한 것이었다.

그런데 재밌는 건, 급조된 이 파티에 직업별 최고 랭커가 무려 넷이나 존재한다는 것이었다.

일단 자타공인 소환술사 랭킹 1위인 이안과 마법사 랭킹 1

위인 레미르. 그리고 알려지지는 않았지만 비공식 흑마법사 랭킹 1위가 거의 확실한 훈이. 마지막으로, 헤르스에게 제안받아 파티에 합류하게 된 사제 랭킹 1위인 '레비아'까지.

이렇게 초호화 파티가 구성되어 버린 것이었다.

나머지 세 유저도 각각 직업 랭킹 100위 안에 들어가는 실력자들이었지만, 이런 파티 구성 안에서는 위축될 수밖에 없었다.

"그나저나 이안 형은 왜 안 오는 거야? 이제 약속 시간까지 2분도 채 안 남았는데."

구시렁거리는 훈이를 향해, 헤르스가 피식 웃으며 한마디 했다.

"이안이가 언제 약속 시간 늦는 거 봤냐, 꼬맹아? 아마 시간 되면 칼같이 어디서 나타날걸?"

헤르스는 현재 기사 랭킹 80~90위권 정도에 랭크되어 있을 정도로, 괄목할 성장을 한 상태였다.

그랬기에 이안도, 주저 없이 헤르스를 파티에 끼워 넣었다.

피올란이 헤르스보다 더 강력하기는 하지만, 그녀는 중부 대륙을 지키기로 했다.

한창 전투가 진행되고 있는 전장 한복판에 있는 파이로 영지였기에, 그곳의 영주인 피올란은 해야 할 일이 너무도 많았던 것이다.

그리고 마법사 포지션에는 이미 레미르라는 최고의 카드

가 있었기 때문이기도 했다.

"뭐, 그렇기는 하죠."

훈이는 은근히 헤르스에게 순종적이었다.

아직 훈이가 정식 길드원은 아니었지만 거의 길드원이나 다름없는 상황이었고, 헤르스는 길드의 마스터이기 때문이다.

훈이가 아직 길드원이 되지 못한 이유는 다른 것이 아니었다.

로터스 길드에 아직까지도 자리가 나지 않았기 때문이었다.

물론 역량이 부족한 길드원 하나를 강퇴하는 방법도 있었지만, 그것은 헤르스의 길드 운영 방식이 아니었다.

그래서 지금 로터스 길드에는, 장부를 넘겨 하나하나 세어보기도 힘들 만큼 엄청나게 많은 길드 가입 대기 인원이 있었다.

헤르스는 로터스 길드의 등급이 대영지나 국가로 승급되는 순간, 일정 기준을 적용시켜 그들을 전부 받을 예정이었다.

대영지부터는 한번 승격될 때마다 영입 가능 길드원 최대치가 수백 명씩 늘어나기 때문에, 충분한 여유가 생길 것이었다.

"흐음, 이게 뭐라고 은근 긴장되네."

레미르의 중얼거림에, 옆에 있던 레비아가 물었다.

"뭐가 긴장되신다는 거예요, 레미르 님?"

레비아의 물음에 그녀는 멋쩍은 표정을 지으며 손사래를

쳤다.

"아뇨, 그냥 혼잣말이었어요, 혼잣말. 그나저나 레비아 님은 어쩌다가 이 파티에 끼게 되신 거죠?"

레비아가 뒷머리를 긁적이며 대답했다.

그녀는 무척이나 아름다웠지만, 어딘지 모르게 멍해 보이는 구석이 있었다.

"음, 제가 진행 중인 퀘스트를 위해선 이안 님이 꼭 필요하거든요. 그런데 제가 이안 님을 도와드리면 이안 님도 절 도와주셔야, 아니, 도와주시지 않겠어요?"

"음, 그렇군요."

잘은 모르겠지만 특이한 인물이라 생각하며, 레미르는 마인드 컨트롤을 하기 시작했다.

이안과의 하드코어한 사냥을 시작하기 전에는, 마음의 안정을 찾는 것이 필수였다.

"이너피쓰."

그런데 그때, 약속한 시간이 되기가 무섭게 여섯 유저가 모여 있는 바로 앞의 대기가 꿀렁거리기 시작했다.

웅- 우우웅-!

그것을 발견한 훈이가 당황한 표정이 되어 스컬 완드를 내뻗었다.

"뭐, 뭐지? 여기에 새로운 웨이브라도 열리는 건가?"

사뭇 진지한 훈이의 표정을 보며 헤르스가 고개를 절레절레 흔들었다.

"이안이 여는 포털이야. 조금 기다려."

헤르스의 말에 모두가 신기한 표정으로 공간이 뒤틀리는 광경을 구경했고, 10초 정도가 더 지나자 일그러진 공간에 푸른빛의 포털이 생겨났다.

위이잉-!

그리고 그 안에서 온몸에 흙먼지를 뒤집어 쓴 남자가 한 명 튀어나왔다.

"웃차!"

그의 정체는 물론 이안이었다.

그는 원래 차원의 구슬이 전부 차징될 때까지 눈을 붙이려고 했었지만, 그 시간마저 아까워 결국 지금까지 사냥을 하다가 나타난 것이었다.

이안이 유저들을 둘러보며, 환하게 웃었다.

"와, 다들 와 주셨네요. 감사합니다. 복 받으실 겁니다."

"……."

레미르는 이안의 몰골을 확인하자마자 뭔가 잘못됐다는 걸 깨달았다.

'으, 저 괴물은 쉬고 올 거라더니 결국 지금까지 사냥을 하고 온 게 분명해.'

그리고 한편, 레비아를 발견한 이안은 고개를 갸웃하며 그녀에게 손을 내밀었다.

"안녕하세요, 이안이라고 합니다. 제가 기억력이 좀 안 좋아서 그런데…… 혹시 우리 길드원이신가요?"

이안의 물음에 레비아는 웃으며 고개를 저었고, 뒤쪽에 있던 헤르스가 피식 웃으며 그녀의 소개를 대신 해 주었다.

"몇 주 전부터 우리 길드를 도와 차원 전쟁에 참여하고 계셨던 레비아 님이야. 무려 사제 랭킹 1위시지."

"오, 그래?"

정확히는 기억이 안 났지만, 랭커들에게 큰 관심이 없는 이안으로서도 레비아라는 이름은 들어 본 기억이 있었다.

그리고 그 정도라면, 분명히 엄청난 전력이 되어 줄 것이라고 이안은 생각했다.

'좋아, 이 정도 파티면 6천 공적치 정도 가뿐하게 모을 수 있겠어.'

이안이 포털을 향해 손을 척 뻗었다.

"자, 다들 이 포털로 들어가시면 됩니다. 서둘러 주세요, 유지 시간이 2분밖에 되지 않는 포털이라 빨리 들어가야 해요."

이안의 말에 파티원들은 서둘러 포털 안으로 걸음을 옮겼다.

모두들 들어간 걸 확인한 이안 역시 그들을 따라 포털 안으로 걸어 들어갔다.

그리고 모든 인원이 안으로 들어가자 10초쯤 뒤 포털의 문이 서서히 작아지더니, 언제 열려 있었냐는 듯 말끔하게 사라졌다.

"자, 지금부터 제 계획을 말씀해 드리죠."

이안 자신을 제외하고 총 여섯 명의 인원을 성공적으로 남섬부주에 데려온 그는, 일단 전원을 파티에 초대하고 퀘스트를 공유하는 작업부터 진행했다.

그리고 퀘스트에 대해 제법 상세하게 설명을 해 주었다.

하지만 결론은 결국, 빡센 사냥에 대한 2차 어필이었다.

"그러니까 결론만 말하자면, 최대한 많은 몬스터를 최대한 빠른 시일 내에 잡아야 합니다."

"음……."

"이 차원의 구슬이 다시 충전되기까지 걸리는 시간은 대략 일주일 정도. 전 그 안에 제국의 공적치를 총 6천 포인트를 모을 생각입니다."

이안의 설명을 듣던 헤르스가, 궁금한 점을 물어봤다.

"우리도 그럼 그 공적치를 모아서 마우리아 제국의 신분을 상승시키면 되는 거냐? 그리고 그랬을 때 이점이 뭐가 있지?"

헤르스의 말에 이안이 고개를 저으며 대답했다.

"신분 상승을 위해서는 먼저 신분 패를 받는 퀘스트를 선행해야 하는데 지금 그럴 시간은 없어. 나 말고는 공적치로 계급 랭크를 올릴 수 없다는 뜻이야. 하지만 그렇다고 해서 공적치가 쓸모없는 건 아니야. 무관에서는 공적치로 신분을 상승시켜 주기도 하지만, 좋은 아이템들과 교환도 할 수 있게 해 주더라고."

"아하."

그 후 이안의 몇 가지 설명이 추가로 이어졌고, 가만히 듣고 있던 레미르가 이안에게 물었다.

"그런데 이안 님."

"예."

"그럼 우리는요……."

"말씀하세요."

"이안 님이 포털 안 열어 주시면 다시 돌아갈 방법은 없는 건가요?"

모두의 시선이 이안의 입을 향해 모였고, 그의 입꼬리가 슬쩍 말려 올라갔다.

"빙고!"

"허얼……."

절망하는 레미르를 보며, 이안이 한마디를 덧붙였다.

"그러니까 우리 빨리 사냥합시다. 공적치 6천만 다 모으고 나면, 가기 싫다고 해도 전부 돌려보내 드릴 거예요. 여러분은 빠른 시일 내로 돌아가셔서 마계 침략군을 막아야 하는 중요한 자원들이니까요."

레미르가 고개를 절레절레 저으며 대꾸했다.

"다행히 그건 인지하고 계시네요."

이안의 말이 다시 이어졌다.

"자, 그럼 움직여 볼까요? 여러분이 오시면 공략하려고 아껴 둔 던전이 몇 개 있습니다."

가만히 있던 훈이가 이안에게 물었다.

"던전 평균렙이 몇인데, 형?"

이안이 대수롭지 않다는 듯한 표정으로 대답했다.

"글쎄, 한 350~400 정도?"

"……!"

이안의 말에, 레미르와 레비아를 제외한 모든 인원의 얼굴에서 핏기가 싹 가셨다.

레미르는 이미 이안과 300레벨 후반대의 전설 등급 마수를 사냥해 본 전적이 있으니 크게 놀라지 않은 것이었고, 레비아는 그냥 별생각이 없는 듯 보였다.

당황한 헤르스가 말을 더듬으며 이안에게 물었다.

"야, 그거…… 너무 좀 위험한 거 아냐?"

이안이 손가락을 까딱이며 대답했다.

"노우, 노우. 충분히 가능해. 이 전력이 손발만 잘 맞추면, 350레벨대가 아니라 450레벨대 던전도 공략할 수 있어."

"……."

"그리고 내일이나 모레쯤부터는 더 상위 던전으로 갈 거니까 마음 단단히 먹고.”

“나…… 괜히 왔나?”

헤르스의 자조 섞인 중얼거림을 무시한 채, 이안은 뒤돌아서 던전 안쪽으로 걸음을 옮기기 시작했다.

그리고 던전에 입장하자마자, 이제껏 툴툴거리던 레미르와 훈이, 그리고 헤르스의 눈빛이 곧바로 달라졌다.

그렇게 이안 파티의 스파르타 사냥이 시작되었다.

“훈이, 광역 슬로우 걸어 놓고 뒤로 빠져! 데스나이트 생명력 관리해! 레미르 님은 이제 광역기 캐스팅 시작하시구요!”

“알겠어, 형.”

“예, 이안 님.”

파티 플레이라는 건, 인원이 많아질수록 손발 맞추기가 당연히 더 힘들어질 수밖에 없었다.

물론 자신의 포지션에 맞게 역할을 찾아 수행하는 정도는 어렵지 않았지만, 이안이 원하는 파티 플레이는 그런 기초적인 수준이 아니었기 때문이었다.

‘어라? 거기서 망자의 보복은 생각지도 못했는데, 훈이 이놈이 확실히 게임 센스가 있어.’

하지만 이안의 파티는 일반적인 파티가 아니었다.

정말 직업별로 최상위 랭커들이 모여 있는 파티였고, 이들은 이안의 구체적인 지시가 없어도 효율적인 사냥을 위해 각자가 해야 할 일을 본능적으로 알고 있었다.

거기에 뛰어난 각자의 개인기까지.

이안의 파티는 정확히 30분 정도가 지나자 팀워크가 거의 이안이 원하는 궤도까지 올라왔다.

'적어도 답답이는 하나도 없는 것 같네. 헤르스가 제일 구멍처럼 느껴질 정도니 말이야.'

이안의 파티는 총 7인으로 구성되어 있었다.

하지만 각자의 가신들과 소환물들까지 합하면, 거의 70~80 정도 되는 규모의 파티라고 할 수 있었고, 덕분에 소규모 전쟁을 연상케 하는 전투가 이어지고 있었다.

"저쪽에 보스인 것 같아요, 이안 님!"

전방을 돌아다니며 구석구석 힐을 넣고 있던 레비아가 이안을 향해 소리쳤다.

그리고 그 방향을 돌아본 이안이 고개를 끄덕였다.

그곳에는 황금빛 두건을 쓴 거인이 하나 등장했고, 딱 봐도 던전의 보스임을 알 수 있는 외형을 가지고 있었다.

'제일 쉬워 보이는 던전부터 들어오기는 했지만, 생각했던 것보다 다들 실력이 훨씬 좋은데?'

던전의 보스가 생성되었다는 것은 클리어율이 못해도 95퍼센트가 넘었다는 방증이었고, 이는 이안이 기대했던 것 보다 훨씬 빠른 진행 속도였던 것이다.

특히 이안은 레비아의 능력에 엄청나게 놀라는 중이었다.

지금껏 그는 제대로 된 랭커급 사제 클래스와 함께 사냥해 본 적이 거의 없었다.

일전에 파이로 영지 수성전에서 몇몇 랭커 사제들이 이안을 도와주기는 했었지만, 워낙에 대규모 전투였기 때문에 그들의 능력을 제대로 체감하지는 못했던 것이었다.

그리고 사제 랭킹 1위라는 레비아는, 그들과 비교하더라도 차원이 다른 컨트롤 능력을 가지고 있었다.

'지금까지 오버힐overheal을 단 한 번도 본 적이 없는 것 같아.'

평범한 사제들은 난전 상황에서 힐 스킬을 무척이나 낭비하는 경향이 있었다.

파티원이 많을수록 힐러가 해야 할 일은 더욱 많아지고, 정신없이 스킬을 뿌리다 보면 이미 생명력이 가득 찬 아군에게 힐 스킬을 사용하는 실수를 많이 범하게 되는 것이었다.

하지만 레비아는 달랐다.

그녀는 가장 기초적인 회복 기술까지 단 하나도 낭비하지 않고 완벽히 효율적으로 스킬들을 사용하고 있었다.

어지간한 컨트롤은 발컨으로 치부해 버리는 이안이 보기에도, 레비아의 컨트롤 수준은 무척이나 대단했다.

'좀 더 과감하게 플레이해도 되겠어.'

이안은 할리를 불러서 등에 오르고, 정령왕의 심판을 뽑아

들었다.

　지금까지는 후방에서 전체적인 전투 지휘와 서포팅을 위주로 플레이했지만, 이제부터는 좀 더 적극적으로 전방을 휘저을 생각이었다.

　이 파티라면 어느 정도 뒤를 맡겨 놓고도 마음껏 싸울 수 있을 것 같았다.

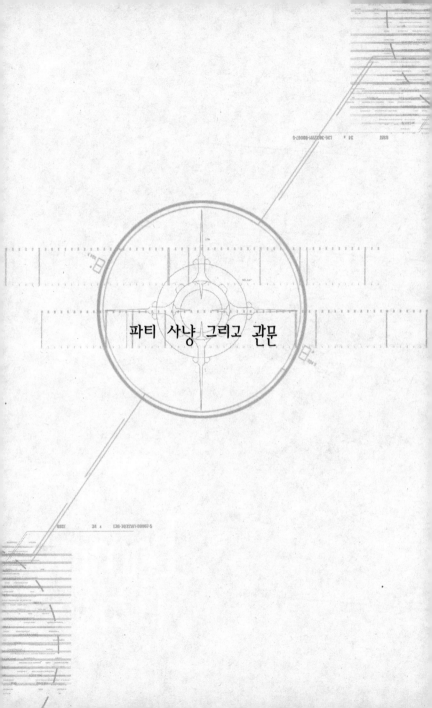

파티 사냥 그리고 관문

Taming Master

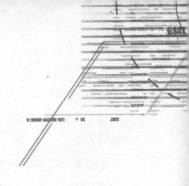

남섬부주의 던전들은, 난이도가 무척이나 높았다.

이것은 단순히 몬스터들의 레벨 때문만이 아니었다.

난이도가 높아지는 데 가장 큰 부분을 차지하는 것은, 던전을 구성하는 몬스터들의 대부분이 인간형 몬스터라는 점이었으니까.

인간형 몬스터들은 대체로 지능이 월등히 높았으며 AI 수준이 일반적인 몬스터들보다 훨씬 뛰어났다.

400레벨에 육박하는 인간형 몬스터들이다 보니 이안이 지금껏 상대해 왔던 어떤 몬스터들보다도 지능 수치가 높았고, 그것이 곧바로 AI 수준과 이어진 것이다.

'젠장, 필드는 편했는데 필드 몬스터들은 공적치를 너무

조금 주니까…….'

남섬부주의 필드는 던전과는 다르게 전부 동물형 몬스터들이었다.

동물형 몬스터들은 모든 종류의 몬스터들 중 가장 단순한 공격 패턴을 보여 주기 때문에, 레벨과 관계없이 사냥하기 수월한 편이었다.

어쨌든 이안 일행은, 영악한 인간형 몬스터들과 힘겨운 전투를 벌이며 던전을 하나하나 클리어해 나가고 있었다.

그리고 지금 이안 일행이 들어와 있는 던전은, 조금 특이한 형태의 던전이었다.

이곳은 하늘은 탁 트여 있되, 거대한 바윗덩이들로 양 옆이 막혀 있는 협곡 형태를 하고 있었다.

저벅저벅-.

산채의 내부로 향하는 길을 걷던 일행은, 좁은 협곡이 나타나자 누가 먼저랄 것 없이 그 앞에 멈춰 섰다.

파티의 구성원들은 다들 수많은 던전들을 클리어해 본 베테랑들이었고, 던전의 구조를 보고 뭔가 위화감을 느낀 것이었다.

"너무 휑하네요. 던전 클리어율이 90퍼센트를 넘은 거로 봐선 네임드 몬스터들이 나올 때가 되었는데……."

레미르의 말에 이안이 고개를 끄덕이며 대답했다.

"네. 확실히 좀 이상하네요. 함정 같은 게 있을지도 모르니까 조심히 이동하죠."

지금 이안 일행이 클리어 중인 던전은 간단하게 설명하면 '산적 소굴'이라고 할 수 있는 곳이었다.

우락부락한 체형에 무식하게 커다란 박도, 거기에 덥수룩한 턱수염까지.

누가 보더라도 산적처럼 생긴 적들이 출몰하고 있었으니까.

'꼭 이런 지형엔 트랩이 설치되어 있단 말이지.'

이안은 인벤토리를 열어 은신 탐지 스크롤을 꺼내어 들었다.

은신 탐지 스크롤은 무척이나 비싼 소모 아이템이었지만, 이럴 때 사용하기 위해서 구매해 둔 물건이었으니 아낄 이유가 없었다.

만약 정말로 트랩이 설치되어 있다면 은신 탐지 스크롤에 의해 위치가 드러나게 되고, 위치가 드러난 트랩은 원거리 공격으로 파괴해 버리면 되는 것이었다.

그런데 그때, 잠자코 이안의 뒤를 날고 있던 카카가 불쑥 이안을 제지했다.

"주인아, 잠깐만."

"왜, 무슨 일인데?"

"그거 쓰지 말고 기다려 봐라."

"……?"

이안뿐만 아니라 모든 일행이 흥미로운 표정으로 카카를

응시하고 있었고, 카카는 작은 날개를 파닥이며 앞으로 천천
히 날아갔다.

이안이 어이없는 표정으로 소리쳤다.

"야, 그쪽에 트랩 있을지도 모르는데, 그렇게 앞으로 나가
면 어떡해?"

카카가 피식 웃으며 대답했다.

"난 트랩이 백만 개 터져도 안 죽는다, 주인아."

"……?"

그리고 잠시 후, 카카는 통로를 샅샅이 훑으며 나아갔고,
통로는 요란한 굉음을 내며 진동하기 시작했다.

펑- 펑- 퍼펑-!

이안과 레미르의 예측처럼, 수많은 트랩이 깔려 있었던 것
이다.

하지만 카카는 자신이 장담했던 것처럼, 단 1포인트의 생
명력도 줄어들지 않은 상태였다.

그제야 이안은, 잊고 있던 카카의 고유 능력이 떠올랐다.

'아 맞다, 카카 저거…… 빛 속성 공격 외에는 무적이나 마
찬가지지!'

카카의 고유 능력 중 가장 첫 번째 능력인 '어둠의 후예'.

어둠의 후예는, 빛 속성의 공격을 제외하고는 어떤 피해도
입지 않으며, 대신 빛 속성의 공격에 격중 당하면 50배의 피
해를 입게 되는 패시브 능력이었다.

그리고 이것은 트랩 제거에 엄청나게 최적화된 능력이었다.

왜냐면, 트랩 중에는 빛 속성의 대미지를 주는 것이 거의 존재하지 않았으니까.

빛 속성은 사제 클래스만의 고유한 속성이었고, 사제 클래스의 어떤 스킬 중에도 트랩 설치와 관련된 스킬은 없었다.

트랩을 전부 제거한 뒤 의기양양한 표정으로 돌아온 카카.

이안이 카카의 머리에 꿀밤을 한 대 먹였다.

콩-.

"아, 왜 때리냐, 주인아?"

이안이 카카의 양 볼을 잡아당겼다.

"야, 그러다가 트랩 중에 빛 속성 공격 트랩이라도 있었으면 어쩌려고 그랬어?"

카카가 발끈 하며 말했다.

"그런 트랩이 어딨냐? 언제 사제가 트랩 설치하는 거 본 적 있냐?"

이안이 고개를 절레절레 저으며 대답했다.

"아니, 일반적으로는 없는 게 맞지만 어디 이상한 히든 클래스라도 있을지 모르는 거잖아."

카카도 지지 않고 대꾸했다.

"내가 3천 년 살면서 그런 트랩은 본 적이 없다, 주인아."

"……."

3천 년 동안 본 적이 없다는 카카의 말에, 이안은 할 말이

없어졌다.

"끄응……."

어쨌든 카카 덕에 좁다란 길에 설치되어 있던 트랩들을 손쉽게 제거한 이안 일행은, 던전 안으로 빠르게 이동해 들어갔다.

그리고 그 안쪽에는 총 다섯의 네임드 몬스터와 강력한 보스 몬스터 하나가 일행을 기다리고 있었다.

쿵- 쿵-!

이안 일행이 도착한 마지막 필드는, 정말 특이한 지형을 가지고 있었다.

"으아아, 나 고소공포증 있는데……!"

레미르는 얼굴이 새하얗게 질린 채 한 손으로 눈을 가렸다.

그리고 당황한 것은 레미르뿐만이 아니었다.

일행이 도착한 필드 바로 앞에는 천 길 낭떠러지가 펼쳐져 있었고, 단 두 줄의 밧줄만이 보스 존을 향해 이어져 있었으니까.

당황한 표정이 된 헤르스가 중얼거리듯 이안에게 말했다.

"야, 저 밧줄…… 밟고 지나가야 되는 거냐, 설마?"

이안 또한 떨떠름한 표정으로 대답했다.

"밟고 지나건 매달려 지나건 어떻게든 지나면 되겠지?"

일전에 하린과 놀이공원에 갔을 때도 느꼈지만, 고소공포증이란 정말 무서운 것이었다.

그런데 단 한 사람.

생각지 못한 시련에 눈 하나 깜짝 않는 유저가 있었다.

"다들 뭐 해요? 얼른 움직이죠. 여기서 꾸물대다 보스에게 발각되면 그대로 망하는 거예요."

건드리면 툭 부러질 것 같이 갸녀린 외모와는 어울리지 않게, 너무나도 터프한 모습.

레비아는 그대로 낭떠러지를 향해 뛰어가더니, 밧줄을 밟으며 빠르게 절벽을 건너기 시작했다.

"저, 저런……!"

이안은 머리를 빠르게 굴렸다.

'레비아 님 말처럼 시간을 끌면 안 돼.'

하지만 이안은 도저히 저기를 레비아처럼 건널 자신이 없었다.

이안은 얼른 핀의 등에 올라탔다.

"일단 레미르 님, 타요."

이안의 말에, 레미르는 구세주라도 만났다는 표정이 되어 얼른 그의 뒤에 올라탔다.

그녀는 자신도 모르게 이안의 허리를 꼭 부여잡았다.

"남은 네 분은 제가 건너고 나면 핀을 다시 보내 줄 테니, 타고 차례로 오시면 됩니다. 물론 레비아 님처럼 뛰어오실 수 있는 분은 그냥 건너오셔도 좋아요."

"……."

하지만 레비아만 한 담력을 가진 대장부는 아무도 없었고, 결국 핀이 움직여 차례로 모두를 보스 존으로 이동시켜 줘야만 했다.

그런데 마지막 두 사람이 핀의 등에 올라타 절곡을 건너던 그 순간, 보스 존에서 커다란 진동음이 울려 퍼지기 시작했다.

—크롸롸롸—! 감히, 내 산채를 겁도 없이 침입한 애송이가 누구냐!

거대한 언월도를 치켜들고 이안 일행을 노려보는 한 그림자.

그는 바로 이 던전의 보스이자 산적 두목인 '카밀로프'였다.

그 모습을 확인한 이안이 재빨리 상황 판단을 했다.

"젠장, 일단 우리끼리 먼저 상대해야 해요! 훈이랑 헤르스가 올 때까지 시간을 좀 끌어 봐요!"

절곡을 건너오는 중인 마지막 두 사람, 훈이와 헤르스는 한 30초 정도는 더 있어야 보스 존까지 당도할 수 있을 것이고, 그때까지 가만히 위치만 지키고 있다가는 고립될 확률이 무척이나 높았다.

이안은 정령왕의 심판을 거칠게 휘두르며 앞으로 달려 나갔다.

이안의 목표는 보스 몬스터인 카밀로프.

하지만 거기까지 도달하기도 전에, 이안은 멈출 수밖에 없었다.

"이놈, 두목님께는 한 발짝도 다가갈 수 없다!"

"침입자들, 네놈들을 처단할 것이다!"

바로 일행의 앞에 다섯의 네임드 몬스터가 나타난 것이었다.

이안의 표정이 살짝 찌푸려졌다.

'어쩐지, 달성률 90퍼센트가 넘도록 네임드 몬스터가 코빼기도 안 보이더라니, 가장 까다로운 형태의 던전이었네.'

던전마다 차이는 있었지만, 일반적으로 거의 대부분의 던전에는 보스를 제외하고 적게는 셋에서 많게는 열 개체 정도의 네임드 몬스터가 존재했다.

일반적으로 그들은 일정 달성률을 달성할 때마다 하나씩 차례로 등장하는 것이 보통이다.

하지만 간혹 이렇게 하나도 등장하지 않다가 보스와 함께 모든 네임드 몬스터가 등장하는 경우도 있었다.

이런 경우가 정말 까다로운 케이스였다.

'헤르스가 올 때까진, 빡빡이가 어떻게든 탱킹을 해야 돼.'

이안은 반사적으로 뒤쪽으로 빠지면서, 빡빡이를 앞세워 진영을 재구성했다.

"레비아 님, 도발기 쓸 거예요, 알겠죠?"

"오케이!"

레비아에게는 길게 설명해 줄 필요도 없었다.

그녀는 도발기를 쓸 것이라는 한 마디만 해 줘도 빡빡이로 모든 공격을 받아 낼 것이라는 사실까지 곧바로 알아들을 수 있는 게임 센스를 가지고 있었다.

거기에 더해서, 이안이 빡빡이를 먼저 앞세운 것이 헤르스가 올 때까지의 시간을 벌기 위한 수라는 것도 정확히 인지하고 있는 레비아였다.

물론 다른 파티원의 스킬이 어떤 식으로 발동하는지 아는 것은 기본 센스 중의 하나였지만, 기본이면서도 지켜지기 쉽지 않은 것 중에 하나였다.

쿵- 쿵-!

빡빡이가 양 앞발을 땅에 박으며 고유 능력을 발동시켰다.

캬아아오-!

-소환수 '빡빡이'의 고유 능력, '귀룡의 포효'가 발동됩니다.

-산왕 '카밀로프'의 움직임이 15퍼센트(-25퍼센트)만큼 느려집니다.

-산적 두목 '체일스'의 움직임이 35퍼센트(-5퍼센트)만큼 느려집니다.

메시지를 확인한 이안은, 곧바로 적들의 움직임을 계산했다.

'역시 보스 몬스터라 그런지 상태 이상 저항이 꽤 세네. 움직임이 15퍼센트밖에 안 깎이면 너무 무리한 공격은 할 수 없겠어.'

나머지 네임드 몬스터들도 저항력을 갖고 있었지만 보스에 비하면 미미한 수준이었다.

그것은 적들의 움직임만 살짝 봐도 확연히 드러나는 것이었다.

이안은 먼저 좌우에 고립되어 있는 네임드 몬스터부터 잘라 먹어야 한다고 생각했다.

"훈이, 나 좀 도와줘! 나머지 분들은 보스 좀 막아 주세요!"

이안의 말에 파티원들은 곧바로 고개를 끄덕였고, 이안이 의도한 대로 움직이기 시작했다.

헤르스가 도착하기 직전까지 보스의 공격을 성공적으로 버텨 낸 빡빡이는 뒤로 살짝 빠졌고, 그 자리를 헤르스가 메꾼 뒤 보스 몬스터가 이안에게로 접근하지 못하게 길목을 완벽하게 차단했다.

그러자 자연스레 이안의 앞에 네임드 몬스터 하나가 고립되었다.

이안은 뾱뾱이를 적극 활용할 생각이었다.

"훈이, 알지? 처음부터 극딜로 가는 거?"

"오케이!"

이안은 창을 휘두르며 빠르게 네임드 몬스터에게로 접근했다.

그는 빡빡이의 도발기인 '귀룡의 포효'에 격중당해, 이동 속도가 무척이나 느린 상태였다.

'이제 도발 풀리기까지 20초도 안 남았을 거야.'

그 전에 신속하게 한 놈을 지워 버리는 것이 이안의 계획이었고, 그것은 충분히 가능한 범위 안이었다.

지근거리까지 다가간 이안이 창을 뻗었고, 그 사이 훈이가 주문을 외우자 창날에 기이한 묵빛 기운이 스며들어 갔다.

—'정령왕의 심판' 아이템이 파티원 '간지훈이'의 스킬, '어둠의 인장' 효과를 받았습니다. (5초간 지속)

—어둠의 인장 효과가 지속되는 동안 '정령왕의 심판'의 공격력이 137 퍼센트만큼 상승합니다.

—어둠의 인장 효과가 지속되는 동안 치명타로 들어간 모든 공격에 '어둠의 표식'이 새겨집니다.

—'어둠의 표식'이 새겨진 적은 피해량의 33퍼센트만큼의 암흑 대미 지를 7초간 추가로 입게 됩니다. (암흑 대미지는 중첩됩니다.)

이안은 눈앞에 시스템 메시지들이 떠올랐지만 신경조차 쓰지 않았다.

이미 지금까지 파티 플레이를 하며 많이 보아 온 스킬이었 기 때문이다.

그리고 그 순간…….

푸욱—!

네임드 몬스터 '체일스'가 반응할 새도 없이, 이안의 창이 그의 어깻죽지를 뚫고 지나갔다.

—산적 두목 '체일스'에게 치명적인 피해를 입히셨습니다!

—산적 두목 '체일스'에게 '어둠의 표식'이 새겨집니다!

단 한 번의 공격으로 네임드 몬스터의 생명력이 뭉텅이로 빠져나갔다.

'체일스'는 400레벨이 넘는 네임드 몬스터라고는 믿기지 않을 만큼, 이안과 훈이의 팀 플레이에 속수무책으로 당하기 시작했다.

"형, 두 대만 더!"

훈이가 이안에게 소리쳤고, 이안은 그것이 무슨 말인지 정확히 알고 있었다.

'표식이 3중첩이면 폭발 대미지를 입힐 수 있다고 했지?'

훈이로부터 받은 '어둠의 인장'효과의 지속 시간은 단 5초.

이안은 침착하게 창을 뽑아들고 연달아 체일스의 상체를 타격했다.

퍽─ 퍼퍽─!

깊숙이 찔러 넣는다면 더욱 치명적인 피해를 입힐 수 있었지만, 이안은 그러지 않았다.

패시브 능력인 '약점 포착'이 있는 한, 정확한 약점에 공격만 성공시킨다면 깊이 찌르지 않더라도 '치명타'는 터지기 때문이었다.

그리고 이안의 공격은 빗나가는 법이 없었다.

─산적 두목 '체일스'에게 치명적인 피해를 입히셨습니다!

─산적 두목 '체일스'에게 '어둠의 표식'이 새겨집니다!

숫자 그대로 5초가 채 지나기 전에 이뤄진 이안의 연격連擊에, 체일스는 휘청거리기 시작했다.

이안은 체일스의 생명력 게이지를 힐끔 확인했다.

'생명력이 한 5분의 2 정도 빠졌네. 여기서 표식 폭발이 들어가면……!'

표식 폭발은 훈이의 단일 공격 스킬 중 가장 강력한 스킬 중 하나였고, 이안은 그것을 기다리고 있었다.

그리고 훈이는 이안의 기대를 저버리지 않았다.

"표식 폭발!"

훈이의 양손에 일렁이던 시커먼 어둠의 기류가, 마치 빨려 들어가기라도 하듯 산적 두목 '체일스'에게로 쇄도했다.

조금 더 정확히 말하자면, 이안의 공격이 격중됐던 그 세 곳으로 빨려 들어가고 있었다.

쾅- 콰콰쾅-!

이안의 치명타 공격으로 인해 남겨진 세 개의 어둠의 표식들이 폭발하며, 네임드 몬스터인 체일스에게 어마어마한 대미지를 주었다.

-표식 중첩으로 인해, 체일스의 생명력이 157,989만큼 감소합니다.

-표식 중첩으로 인해, 체일스의 생명력이 157,989만큼 감소합니다.

폭발 대미지가 아닌 이안이 남겨 놓은 표식의 잔여 대미지만도 15만이 넘어가는 수준이었으니, 그 십수 배는 넘는 표식 폭발의 대미지는 정말 어마어마한 파괴력이었다.

이쯤 되면, 아무리 400레벨이 넘는 네임드 몬스터라 해도 버텨 낼 재간이 없는 것이다.

하지만 놀랍게도 체일스는 쓰러지지 않았다.

생명력이 10퍼센트 미만으로 남기는 했지만, 죽지는 않은 것이었다.

"뭐야, 안 죽었잖아?"

당연히 모든 콤보가 성공한 순간 놈이 죽을 것이라 예상했던 훈이는 당황했다.

그러나 이안은 여기까지도 생각하고 있었다.

"뿍뿍아, '욕심 많은 포식자'!"

"뿍— 알겠뿍!"

이안의 명령에 따라, 어느새 뿍뿍이가 체일스의 지척까지 다가와 있었던 것이다.

그리고 뿍뿍이는, 체일스를 향해 입을 쩍 하고 벌렸다.

─소환수 '뿍뿍이'가 '욕심 많은 포식자' 고유 능력을 발동시켰습니다.

─대상의 생명력이 최대 생명력의 20퍼센트 이하이므로, '포식'이 발동됩니다.

"끄아악—!"

체일스는 뿍뿍이의 입에 빨려 들어가지 않기 위해 발버둥쳤지만, 소용없는 몸부림일 뿐이었다.

'욕심 많은 포식자' 스킬은 일단 사정거리 안에 들어와 발동이 되기만 하면, 피하는 것이 거의 불가능에 가까운 확정 공격 기술이기 때문이다.

그 이유는, 스킬 발동을 방해할 시 또 다른 패시브 능력이 터지기 때문이다.

체일스의 몸부림으로 인해 뿍뿍이의 '먹을 땐 방해하지 마!' 능력이 추가로 발동되었다.

−소환수 '뿍뿍이'의 고유 능력 '먹을 땐 방해하지 매'가 발동됩니다.

−343,762만큼의 내구력을 가진 보호막이 생성됩니다.

꿀꺽−.

찰진 뿍뿍이의 목 넘김 소리와 함께 체일스의 몸 밖으로 빨려 나온 생명력이 모조리 뿍뿍이의 입안으로 들어가 버렸다.

털썩−.

순식간에 바닥에 쓰러져 회색빛이 되어 버린 네임드 몬스터 체일스의 사체.

훈이가 주먹을 불끈 쥐며 소리쳤다.

"좋았어! 한 놈!"

10초도 채 되지 않는 짧은 시간 만에 환상적인 연계 플레이를 보여 준 이안과 훈이를 보며 다른 팀원들도 이번에는 적잖이 놀란 눈치였다.

지금까지 계속 사냥을 해 왔고 충분히 놀라운 모습들을 많이 봐 왔지만, 방금 전의 전투는 정말 그림 같았던 것이다.

헤르스가 저도 모르게 감탄사를 내뱉었다.

"크으, 예술인데?"

사실 방금 전의 연계 플레이는, 여기 있는 파티원들 정도의 게임 이해도가 아니라면, 보고도 무슨 일이 벌어진 건지 이해할 수조차 없는 수준이었다. 하지만 알고 본다면 그야말로 감탄을 하지 않을 수 없는 플레이였다.

"와, 어둠의 인장 스킬 쓰레기라고 흑마법사 직업 게시판에 말 많더니 쓰레기 아니었네요?"

레미르의 말에 훈이가 뒷머리를 긁적이며 대답했다.

"사실, 좀 쓰레기 맞아요."

"……?"

"이안 형이나 그 5초 안에 공격을 박아 넣지, 누가 저렇게 저 기술을 받아 줘요? 뭐, 이안 형 아니라도 없는 건 아니겠지만, 그런 파티원 구하기가 어렵죠."

"아하."

둘의 대화처럼, 어둠의 인장은 대부분의 흑마법사가 사용하지 않는 스킬 중 하나였다.

훈이조차도 잘 사용하지 않았기 때문에 숙련도가 아직 3레벨도 채 되지 않은 수준이었으니까.

어쨌든 완벽한 연계 플레이를 성공시킨 둘은, 남은 네임드 몬스터들과 보스 몬스터를 상대하기 위해 다시 자세를 잡았다.

"키야아, 지렸다. 대리님, 저 팬티 좀 갈아입고 와도 됩니까?"

LB사의 유저 플레이 모니터링실.

가장 큰 스크린에 이안 파티의 영상을 띄워 놓고 모니터링 중이던 김의환 대리는, 바로 옆에서 탄성을 내지르는 나지찬 주임의 뒤통수에 꿀밤을 한 대 먹였다.

콩―.

"지리긴 뭘 지려, 이 오줌싸개야. 이 자식은 뭐 툭하면 지린대."

나지찬이 울상을 지으며 말했다.

"아, 왜 때리십니까. 이거 사내 폭력 아닙니까아."

김의환이 인상을 팍 찡그리며 대꾸했다.

"얌마, 그걸 지금 몰라서 물어? 쟤가 잘할수록 우리 야근이 더 늘어나는 거야, 인마. 넌 어째 애가 그렇게 태평하냐?"

김의환 대리는 직책은 대리였으나, 업무 능력이 뛰어나 거의 팀장급의 기획 업무를 맡아 진행하고 있는 인재였다.

그리고 조금 어리바리해 보이기는 해도, 나지찬 또한 기획팀의 기대를 한 몸에 받는 에이스 중 하나였다.

나지찬의 머리에서 기가 막힌 기획이 나오는 경우가 많았기 때문이었다.

"아, 대리님, 쟤들 둘이 지금 어둠의 인장 쓰는 거 보시지 않았습까."

"그래, 봤지. 기가 막힐 정도로 완벽한 연계였지."

"저거 제가 기획한 스킬인 거 아시죠?"

"안다."

"그럼 지금 제 기분이 좋을 수밖에 없는 이유도 아시지 않습까."

"그치, 알지."

나지찬은 게임 기획자가 천직인 인물이었다.

게임 기획이 너무 재밌어서, 자나 깨나 게임만을 생각하는 덕후였던 것이다.

그런 그에게 있어서, 유저가 자신의 기획 의도를 제대로 파악하고 훌륭한 플레이를 보여 줄 때만큼 보람이 느껴질 때도 없었다.

그래서 그는 이 카일란 기획 팀 안에서 유일하게 이안의 팬이었다.

야근 같은 건 아무래도 상관없었다.

나지찬에게 있어서 야근이란, 재밌는 일을 조금 더 오래하는 것 정도였으니까.

할 일이 없을 때도 남아서 새 기획 구상을 하던 그였으니, 이안이라는 존재가 반갑지 않을 리가 없었다.

하지만 그의 직속 상사인 김의환은 나지찬과 달랐다.

그 또한 게임 기획자라는 직업을 무척이나 좋아하는 인물이었지만, 게임 기획이 재밌는 건 재밌는 거고, 야근이 싫은 건 싫은 거였다.

"어쨌든 지찬이, 내가 친히 모니터링실까지 널 데려온 이유를 알겠지?"

나지찬이 고개를 끄덕였다.

"예, 뭐…… 마족 쪽의 랭커들과의 밸런스 때문에 그러신 거죠?"

김의환이 고개를 끄덕였다.

"그래, 말귀는 잘 알아먹어서 좋네."

"아무래도 이 파티가, 현재 랭커들 전투력 측정하기는 제일 좋죠. 클래스별 랭킹 1위가 이렇게 한자리에 모여 있는 것도 쉽지 않은 일이니까요."

"그렇지."

말을 하며 김의환은 바로 옆의 꺼져 있던 스크린을 하나 틀었다. 그러자 그 안에서는, 노블레스가 되기 위한 퀘스트를 수행 중인 이라한이 나타났다.

김의환이 말을 이었다.

"오늘부터 사흘 동안, 네 일정 전부 캔슬이다. 내일부턴 출근도 모니터링 룸으로 해."

나지찬은 흥미로운 표정으로 이라한의 전투 영상을 지켜보며 김의환의 말을 들었다.

"그리고 대충은 짐작했겠지만, 네가 할 일은 사흘 동안 마족 랭커들이랑 이안 파티 전투력 분석해서 다음 주 월요일 회의 때 브리핑할 자료 만들어 오는 거다. 알겠지?"

김의환의 말에 나지찬은 투덜거리며 고개를 끄덕였다.

"에이, 새로 스킬 기획 구상 중이던 거 있는데…… 무튼 알겠어요. 이쪽도 재밌어 보이긴 하니까."

김의환이 피식 웃으며 말했다.

"원한다면 옆 세미나실 모니터 몇 개 더 들여와서, 샤크란이나 세일론 같이 다른 랭커들 영상도 같이 살펴보든가."

나지찬이 씨익 웃으며 고개를 끄덕였다.

"오케이, 알겠슴다."

김의환은 나지찬과 몇 가지 대화를 더 나눈 뒤 기획 팀으로 돌아갔고, 나지찬은 아예 탁자에 주전부리까지 가져다 놓고 하나씩 주워 먹으며 영상들을 관람하기 시작했다.

그런데 마계에서 마족 퀘스트를 진행 중인 유저들의 영상을 보고 있던 나지찬의 두 눈이, 살짝 확대되었다.

"뭐지? 쟤 어디서 본 놈 같은데……."

그리고 잠시 후, 테블릿을 열어 유저의 데이터를 확인한 나지찬의 입꼬리가 말려 올라갔다.

그것은 뭔가 흥미로운 장난감을 발견한 아이와 같은 표정이었다.

"이거…… 생각보다 더 재밌게 흘러가는데?"

마족들이 가장 신성시하는 곳이자, 마왕조차도 함부로 발을 들일 수 없다는 이곳.

마신이 마계를 창조한 뒤 가장 먼저 만들었다는 장소인 마령의 첨탑 꼭대기에, 두 사람이 서로를 마주보고 있었다.

하지만 두 사람의 눈높이는 같지 않았다.

한 남자는 손을 뻗은 채 아래를 내려다보고 있었고, 다른 한 남자는 한쪽 무릎을 꿇은 채 상대를 올려다보고 있었다.

"수고했다, 이라한."

"감사합니다, 마왕님."

"드디어 노블레스가 될 자격을 모두 갖추었군. 단 하나만 제외하고 말이야."

"그렇습니다, 마왕님. 마왕님께서 분부하신 임무, 금방 마치고 돌아오겠습니다."

이라한의 말에, 마왕이 고개를 끄덕이며 대답했다.

"믿고 있겠네, 이라한. 이제 이 마지막 시험만 통과한다면, 그대는 진정한 마계의 귀족. 내 기대를 저버릴 일은 없을 것이라 믿네."

이라한이 고개를 숙여 보이며 대답했다.

"실망시켜드리지 않겠습니다."

마왕의 한쪽 입꼬리가 씨익 올라갔다.

"그래, 그래야지."

그리고 그의 말이 끝나자마자, 첨탑의 주변을 수놓으며 회오리 치고 있던 붉은 기운들이 첨탑으로 빨려 들어오기 시작했다.

그리고 그 기운들은, 이라한의 주변을 맴돌더니 그의 심장을 파고들었다.

"크아아앗!"

고통스러운 듯 괴성을 내지르는 이라한.

하지만 사실, 이라한이 정말로 괴로운 것은 아니었다.

이것은 노블레스 마족이 되기 위한 퀘스트의 과정 중 일부였고, 마왕과의 대화부터 시작해서 모든 일련의 전개는 이라한이 직접 진행하고 있었던 것이 아니라 자동으로 AI가 말하고 행동하고 있었던 것이니까.

유저 이라한은 단지 퀘스트가 진행되는 모습을 관조하고 있었다.

'이로써 예전의 능력치 이상은 발휘할 수 있게 된 건가?'

현재 노블레스를 눈앞에 두게 된 이라한의 스텟은, 진마가 되기 전과는 비교할 수 없을 정도로 강력해진 상태였다.

다만 문제가 있다면, 아직까지도 그때보다 턱없이 부족한 스킬 숙련도들이었다.

하지만 그런 부분들을 감안하더라도, 이라한은 이제 확실히 예전보다 강해졌음을 느꼈다.

이라한은 의식이 끝나기를 기다리며, 온몸이 근질거리는 것을 느끼고 있었다.

'기다려라, 이 이라한이 왜 랭킹 1위의 유저인지를 다시 한

번 모두에게 각인시켜 주도록 하지.'

퀘스트가 전부 마무리되면, 이라한은 곧바로 차원 전쟁에 참전할 생각이었다.

그리고 당연하겠지만, 이라한의 진영은 마족 진영일 것이었다.

'500명? 아니, 1천 명이라도 상관없어. 모조리 PK해 주지.'

다른 노블레스 마족과의 경합을 통해 노블레스의 자격을 얻어 내는 대신, 이라한이 선택한 것은 500인 이상의 인간 플레이어를 PK하는 것이었다.

그리고 이라한이 기다리고 기다렸던, 퀘스트 메시지가 떠올랐다.

띠링-.

-퀘스트를 진행하기 위한 모든 조건을 충족하셨습니다.

-'피의 맹약 IV' 퀘스트가 시작됩니다.

'진마'는 '반마'와는 차원이 다르다.

진마는 그야말로 '순수 혈통'인 것이다.

마족의 스킬을 배울 수 있고 마기를 사용할 수 있게 되며, 마족들의 아이템들 중 일부를 착용할 수 있게 되는 정도가 반마에게 주어진 특전이라면, 진마는 거기에 몇 가지가 더 추가된다.

우선 진마는 반마에 비해 노블레스 이상의 등급으로 진급하기가 쉽다.

이라한이 그랬던 것처럼 굳이 다른 노블레스 마족과 승급전을 치르지 않더라도 특수한 퀘스트로 그것이 대체가 가능하며, 반마보다 마기를 모으는 속도 또한 훨씬 빠르다.

 여러 가지 요소가 있기 때문에 정확한 수치로 얘기할 수는 없지만, 대략 1.3~1.5배 정도 마기 수집이 쉽다고 생각하면 된다.

 또 진마는, 전투 스텟이 마족의 능력치로 재구성되기 때문에 기존의 능력치보다 1.3배 정도가 더 강해진다.

 이 외에도 진마만이 이용할 수 있는 콘텐츠들이 많았으며, 이것은 분명 엄청난 메리트였다.

 그리고 이벤트 기간인 지금, 크게 어렵지 않은 종족 변환 퀘스트 만으로 누구나 마족이 될 수 있는 것이다.

 그런데 이렇게 엄청난 메리트를 가진 마족으로의 종족 변환을, 왜 모두가 하지 않는 것일까?

 그 가장 큰 이유는 사실, 지금까지 일궈 놓은 것들을 잃고 싶지 않기 때문일 것이다.

 일단 마족으로 종족 변환을 하고 나면 가진 모든 스킬들의 숙련도를 날리게 되며, 인간 종족 전용 아이템들을 전부 사용할 수 없게 되어 버린다.

 또 가입했던 길드가 있다면 탈퇴되고, 보유하고 있던 귀족 작위가 있다면 사라져 버리며, 가지고 있던 영지가 있다면 잃게 된다.

이것이 유저들이 쉽사리 마음 결정을 하지 못하는 이유였다.

하지만 공식 커뮤니티에서도 슬슬 여론이 기울고 있었다.

어떻게 봐도 인간 종족보다는 마족이 훨씬 강력한 종족이라는 것이었다.

그리고 여론이 형성되자, 마족으로 종족 변환을 하기 위해 퀘스트를 받는 유저들이 기하급수적으로 늘어나고 있었다.

그런데 커뮤니티에 계속해서 쏟아지고 있는 마족 찬양글을 보며 혀를 차고 있는 인물이 한 명 있었다.

"쯔쯧……."

오랜만에 로그아웃을 하고 커뮤니티를 살펴보던 진성은 고개를 절레절레 저었다.

그로서는 마족이라는 종족이 밸런스 붕괴라며 너프를 외치는 징징이들이 이해가 되지 않았기 때문이었다.

"아니, 진마가 대체 뭐가 좋다는 거지? 왜 이렇게 생각이 짧은 거야, 다들?"

진성이 보기에, 지금 진마로 종족 변환하는 것은 외형 변환을 위해 그냥 스킬 숙련도만 날리는 행위 정도로 밖에 보이지 않았다.

그러니까 진성의 눈에, 진마가 되는 것은 아무런 메리트가 없다는 이야기였다.

진성은 강 건너 불구경하듯 스크롤을 휙휙 내리며 계속해서 혀를 찼다.

"아니, 전투 능력 30퍼센트 상승이 왜 밸런스 붕괴라는 거야? 내가 볼 땐 당연한 밸런스인데. 그거라도 없으면 진짜 호구 종족 되겠구먼."

이안이 그렇게 생각하는 데에는, 더없이 명확한 이유가 있었다.

그것은 바로 '항마력'이라는 스텟의 존재였다.

유저의 종족이 '마족'으로 변하는 순간 그의 모든 일반 공격과 스킬 공격이 항마력에 영향을 받게 되어 버릴 것이기 때문이었다.

반면에 '반마'는, 마계에서 얻은 스킬과 마기와 관련된 공격만 항마력에 영향을 받게 된다.

"진마로 변환해서 스킬 숙련도 새로 올릴 시간에 노가다해서 항마력 맥스 찍어 버리겠다."

항마력의 맥시멈 수치는 30퍼센트였다.

그 말인 즉, 항마력이 맥스가 되면 마족으로 종족 변화해서 강해진 30퍼센트만큼의 공격력이 상쇄되고도 남는다는 의미다.

30퍼센트가 더해져서 130퍼센트가 된 공격력이, 항마력으로 인해 30퍼센트가 깎이면, 130퍼센트의 30퍼센트인 39퍼센트가 깎이게 되니, 원래 공격력의 91퍼센트만 남는 것이다.

게다가 그게 끝이 아니다.

"지금까지 내가 노가다로 올린 캐릭터 고유 항마력이 27퍼센트 정도고, 거기에 보조 옵션으로 항마력 붙은 장비 몇 개 끼면 거의 40~50퍼센트까진 올려지겠구먼."

그가 대충 모아 놓은 항마력 템이 이 정도일진대, 작정하고 마족들을 상대하기 위해 항마력 아이템을 도배한다면 60퍼센트까지도 항마력을 올릴 수 있을 터였다.

게다가 그는 GM에게 보상으로 받았던 5퍼센트의 항마력 덕분에, 남들보다 최대 항마력이 5퍼센트가 더 높은 상황이었다.

물론 항마력이 옵션으로 붙어 있는 아이템을 구하는 게 쉬운 건 아니었지만, 이안같이 돈 쓸 데 없는 유저에게는 어려운 일도 아니었다.

진성은 히죽히죽 웃으며 커뮤니티를 꺼 버렸다.

"바보들, 내일이나 모레쯤 경매장 가서 항마력 3퍼센트 이상 붙은 전설 장비 전부 다 사재기해 버려야지."

항마력이라는 능력치의 중요성은, 아직까지 유저들에게는 많이 알려지지 않은 상태였다.

워낙 항마력이 붙은 아이템이 희귀하기도 했고, 캐릭터의 기본 항마력을 올리기가 어렵기도 했기 때문이었다.

1~5퍼센트 정도의 항마력으로는 전투에서 체감 자체가 되지를 않다 보니 대부분의 유저들이 항마력을 신경도 쓰지 않고 있었고, 덕분에 항마력 옵션은 그리 값나가는 옵션이

아니었다.

진성은 자신이 가지고 있는 항마력 옵션이 붙은 아이템들을 떠올려 보았다.

그리고 대충 머릿속에서 계산기를 두들겨 보니, 대 마족 전용 아이템으로 세팅을 마치면 항마력을 거의 70퍼센트까지도 맞출 수 있을 것 같았다.

물론 캐릭터의 자체 항마력을 자신의 최대치인 35퍼센트까지 채웠을 때의 얘기였지만.

위이잉-.

캡슐 앞에 서 버튼을 누른 진성은, 커뮤니티에서 본 내용들을 곱씹으며 실실 웃었다.

오랜만에 커뮤니티에 들어가서 너무도 흥미로운 얘기를 접한 것 같았다.

마우리아 제국의 퀘스트만 끝나면, 마족으로 종족 변환을 마친 유저들이 캐릭터를 삭제하고 싶게 만들어 줄 수 있을 것 같았다.

"물론 개발진이 바보가 아닌 이상 항마력 관통 아이템이라든가 그런 걸 만들긴 할 테지만, 어쨌든 아직까진 풀린 걸 본 적은 없으니까⋯⋯."

진성은 캡슐에 앉아 눈을 감았다.

마우리아 제국 공적치 6천을 위해, 마지막 스퍼트를 올릴 시간이었다.

"하아, 지금 다리 후들거리는 거, 나만 그런 거 아니죠?"

헤르스의 말에, 옆에서 이마에 흘러내리는 땀을 닦고 있던 훈이가 고개를 끄덕이며 동조했다.

"후우, 왜 아니겠어요. 아주 죽갔네. 이안 형이랑 너무 오랜만에 사냥하나? 왜 이렇게 따라가기가 힘들지?"

이안의 일행은, 이안을 제외하고 모두 녹초가 되어 바닥에 널브러져 있었다.

그나마 가장 상태가 양호한 것은 레미르와 레비아였다.

레미르는 가장 최근에 이안과 파티 플레이를 했기 때문에 적응을 빨리 해서 그런 것이었고, 레비아는 참는 것인지 오기로 버티는 것인지 크게 내색하지 않고 있었다.

하지만 공통점이 하나 있었으니, 모든 파티원들의 표정이 전부 밝다는 것이었다.

그리고 그 이유는 당연히, 이 지옥 같은 사냥이 끝났기 때문이었다.

구석에서 정비를 마친 이안이 일어나 파티원들에게 말했다.

"이제 남은 공적치는 170정도네요. 이 정도는 제가 무관으로 올라가는 길에 채울 수 있을 것 같아요."

이안의 말에 레미르가 활짝 웃으며 입을 열었다.

"휘유, 정말 다들 수고 많으셨네요."

그리고 레미르의 시선이 살짝 이안을 향했다.

"이번에는 중간에 기절 안 하고, 파티 사냥 끝까지 완주할 수 있어서 다행이에요. 이안 님."

레미르의 말에, 이안이 멋쩍게 웃으며 대답했다.

"하, 하하, 그새 레미르 님의 체력이 늘었나 보네요."

그리고 후들거리는 다리로 겨우 지탱하며 자리에서 일어선 헤르스가 고개를 절레절레 흔들며 이안에게 말했다.

"휘유, 너 인간적으로 맨날 이렇게 사냥하다가는 수명 줄어든다."

이안이 짧게 대답했다.

"상관없어."

"……."

이번에는 훈이가 이안을 향해 너스레를 떨며 말했다.

"형님, 저는 예정되어 있던 사냥 시간보다 이틀이나 단축돼서 너무 아쉽습니다. 형이랑 좀 더 사냥하고 싶었는데."

이안이 또 한 번 짧은 대답으로 훈이의 말문을 막아 버렸다.

"좀 더 해 볼래?"

"……."

그렇게 실없는 농담을 주고받으며 정비를 마친 일행이 한자리에 모이자, 이안이 천천히 입을 떼었다.

"다들 수고 많으셨어요. 덕분에 쉽지 않은 퀘스트, 마무리 지을 수 있겠네요."

지금껏 아무 말도 하지 않고 도도한 얼굴로 있던 레비아가
말했다.

　"별말씀을요. 재밌었습니다."

　그 모습을 보고 훈이가 헤르스를 향해 수군거렸다.

　"형, 저 여자 좀 무섭지 않아요?"

　"나도 그래……."

　피식 웃은 이안이 말을 이었다.

　"저는 이 길로 무관으로 올라갈 겁니다. 여러분은 절 따라
무관에 올라가셔서 공적치로 쇼핑을 하셔도 되고, 로그아웃
해서 쉬러 가셔도 됩니다. 제가 지금 바로 여러분을 북부 대
륙으로 돌려보내 드리고 싶지만, 아직 포털을 열 수가 없어
요. 포털은 이틀 뒤에 오픈할 수 있으니, 그때까지 자유롭게
쉬시다가 이쪽으로 모이시면 되겠습니다. 뭐, 사냥을 더 하
신다 해도 말리지는 않습니다."

　이안의 말을 다 들은 파티원들은 곧바로 뿔뿔이 흩어졌다.

　닷새 동안 쌓인 잡템들을 팔기 위해 마을로 향한 이도 있
었으며, 피곤을 참지 못하고 곧바로 로그아웃해 버린 유저도
있었다.

　그리고 이안의 앞에는 단 한 명의 유저만이 남았다.

　그녀는 바로 레비아였다.

　"레비아 님은, 저랑 같이 무관으로 올라가시게요?"

　이안의 물음에 레비아는 대답 대신 고개를 끄덕였다.

이안이 다시 말했다.

"힘들지는 않으세요?"

"네, 괜찮아요."

이안이 씨익 웃으며 몸을 돌렸다.

"그럼 가죠. 저는 여전히 시간이 부족하거든요."

이안이 걷기 시작하자 레비아가 따라 움직였고, 두 사람은 빠르게 이동하기 시작했다.

이안으로서 레비아와의 동행은 나쁘지 않았다.

그녀가 있으면, 더 안전하고 빠르게 사냥하며 움직일 수 있었으니까.

이안은 무관에 도착하자마자, 공적치를 탈탈 털어 계급 진급을 시작했다.

띠링-.

-공적치 1,000을 소모하여 진급에 성공하셨습니다.

-'이안' 유저의 마우리아 제국 계급이 '수드라'에서 '바이샤'로 상승합니다.

-'바이샤' 계급부터는 마우리아 제국에서 상행위를 할 수 있으며, 건물을 구입할 수 있습니다.

-'바이샤' 계급부터는 마우리아 제국의 용병을 고용할 수 있습니다.

"됐고, 다음!"

줄줄이 떠오르는 시스템 메시지들을 한마디로 일축시켜 버린 이안은, 곧바로 계급을 한 단계 더 진급시켰다.

띠링—

—공적치 5,000을 소모하여 진급에 성공하셨습니다.

—'이안'유저의 마우리아 제국 계급이 '바이샤'에서 '크샤트리아'로 상승합니다.

—'크샤트리아' 계급부터는 마우리아 제국의 귀족입니다.

—'크샤트리아' 계급부터는 마우리아 제국의 노예를 구입할 수 있습니다.

—'크샤트리아' 계급부터는 마우리아 제국의 황성에 출입할 수 있습니다.

—'크샤트리아' 계급부터는 마우리아 제국의 거점지를 차지할 수 있습니다.

또 다시 메시지들이 줄줄이 생성되었지만, 이안의 시선이 꽂히는 곳은 단 하나뿐이었다.

—'크샤트리아' 계급부터는 카필라성의 '시험의 관문'에 도전할 자격이 주어집니다.

'이거다!'

이제는 시험의 관문을 통과하고, 전륜왕을 만나 그의 유물만 얻으면 모든 여정이 마무리된다.

물론 차원의 구슬이 있는 이상 언제고 이 마우리아 제국에 다시 올 생각이었지만, 당장은 퀘스트를 마무리하는 게 가장 중요했다.

'주병신보와 여의주라…….'

이안의 입꼬리가 슬쩍 말려 올라갔다.

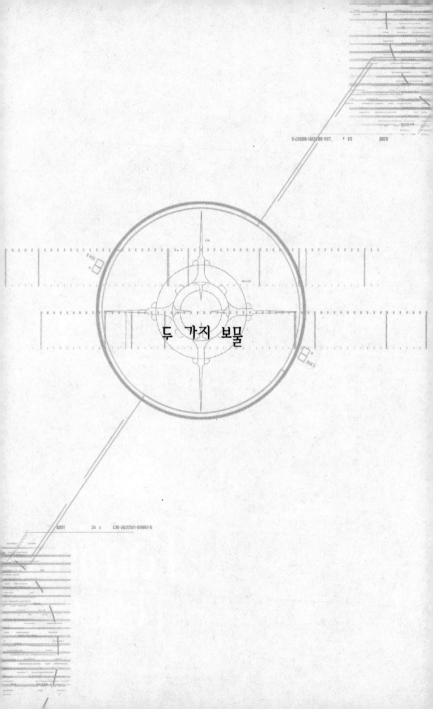

두 가지 보물

Taming
Master

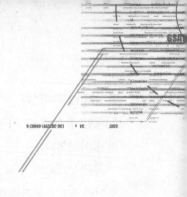

마계의 몬스터 웨이브가 열린 지도 보름이 넘는 시간이 훌쩍 지났다.

당연하겠지만, 이 기간 동안 대부분의 유저들이 관심사는 차원 전쟁이었으며, 게임 채널이나 기사들도 이 차원 전쟁과 관련된 이야기를 가장 많이 다루었다.

그리고 그중에서도 가장 많은 방송국에서 나와 있는 전쟁 터는, 당연히 중부 대륙의 차원 전쟁 현장이었다.

중부 대륙에 열린 몬스터 웨이브가 북부 대륙의 웨이브보다 규모가 더 큰 데다, 중부 대륙에 열린 두 웨이브는 멀지 않은 위치에 열려 있어서 거의 하나의 전장이나 마찬가지인 반면, 북부 대륙에 열린 두 개의 웨이브는 극과 극의 위치에 있었기 때문이었다.

게임 방송국 중 가장 큰 메이저 방송사인 YTBC 또한 예외가 아니었다.

최근 YTBC의 주력 방송 콘텐츠도 이 차원 전쟁과 관련된 것이었고, 그 증거로 YTBC의 간판 MC인 루시아와 하인스가 중부 대륙의 전쟁터에 파견되어 있었다.


-아, 방금 상황은 정말 위험했던 것 같아요.

-그렇습니다. 방금 샤크란 님의 오더가 아니었더라면, 타이탄 길드 공격대의 절반이 날아갈 수도 있었던 상황이에요!

-어, 그 광역 기술이 그렇게나 강력한 기술이었나요?

-네, 그렇습니다. 방금 여러분이 보셨던 냉기 계열의 광역 기술은, 최상급 마수인 키엘라의 '프로즌 헬'이라는 기술인데요, 이게 대미지 자체도 무척 강력한데, 추가로 지속해서 들어오는 한기 피해가 정말 어마어마합니다. 180레벨대의 기사 클래스도 무방비 상태로 직격당하면 한 방에 사망할 수 있는 대미지죠.

-'프로즌 헬'이라면 빙계 마법사 클래스의 스킬과 이름이 비슷하네요?

-그렇습니다. 하지만 이름만 같고 스킬 자체는 전혀 다르다고 할 수 있죠.

하인스는 카일란에 대해 무척이나 박식했다.

그는 게임 방송을 중계할 때면, 항상 시청자들이 궁금해할 만할 부분을 콕 짚어서 설명해 주었고, 덕분에 카일란 방송

을 시청하는 시청자들이 가장 선호하는 앵커 1위에 오르기도
했었다.

　-이제 오늘 전쟁 종료까지 남은 시간은 단 2시간! 과연 유저들은 오
늘도 칼로니스 사막을 마수들로부터 지켜 낼 수 있을지…….

　하인스는 목청을 높여 열을 올리며 계속해서 전장의 상황
을 설명했다.

　그런데 그때, 전장에 있던 모든 유저들의 시야에 시스템
메시지가 떠오르기 시작했다.

　앵커들 또한 게임에 접속해 현장에 나와 있는 것이었기 때
문에, 예외 없이 그 메시지를 확인할 수 있었다.

　띠링-.

　-차원 전쟁에 최초로 '마족' 종족을 가진 유저가 입장했습니다.

　-'마족' 종족을 가진 유저는 '마계' 진영에 합류하게 되며, '인간' 종족
의 유저와 전투를 벌이게 됩니다.

　-상대 진영의 유저를 상대로 승리해 킬 포인트를 따내면, 일반 마수
나 마족을 죽여 얻는 킬 포인트의 다섯 배를 획득하게 됩니다.

　-상대 진영의 유저를 사살하는데 성공하면, 대상의 레벨에 비례하는
명성치를 획득하게 됩니다. (대상의 레벨×10)

　떠오르는 메시지를 확인한 유저들이 웅성이기 시작했다.

　"드디어 마족으로 종족 변환 성공한 유저들이 전쟁에 투입
되는 건가?"

　"그런가 봐. 크, 보상 장난 아닌데? 다섯 배 킬 포인트에,

명성은 레벨 곱하기 10이라니. 150레벨만 잡아도 1,500명성
이라는 거 아니야?"

"그렇지."

"근데 마족 애들 세지 않을까?"

"노노, 아마 지금 당장은 약할걸? 아무리 전투 스텟이 강
해져도 스킬 숙련도가 죄다 바닥일 텐데."

"그으래? 찾으면 바로 달려가서 킬 포인트랑 명성 빨면 되
는 건가?"

"그렇지!"

전장에 참여 중이던 유저들은 더욱 전의를 불태우며 각자
의 무기를 휘두르기 시작했고, 방송국의 앵커들 또한 시청자
들에게 상황을 설명하기 위해 분주히 움직였다.

그렇게 차원 전쟁에 새로운 장이 열리고 있었다.

"레비아 님, 이제 약속 장소로 돌아가서 좀 쉬고 계세요.
저는 퀘스트 좀 더 해야 할 게 있어서요."

무관에서 모든 공적치를 소모한 뒤 레비아는 카필라성까
지 이안을 따라왔다.

처음 접하는 차원계의 콘텐츠들을 보고 싶다는 이유로 따
라온 것이었지만, 이안은 뭔가 미심쩍었다.

'이 무서운 여자가 여기까지 왜 따라온 거지?'

게임 폐인인 이안이 보기에도 레비아는 정말 강철의 체력을 가지고 있었다.

어마어마한 수준의 플레이 타임을 소화하고도, 호흡 하나 흐트러지지 않는 데다 끝까지 컨트롤 미스를 한 번도 내지 않을 정도로 기계 같은 움직임을 보여 주었다.

현실의 모습에서 크게 커스터마이징 할 수 없는 카일란의 시스템이 아니었다면, 이안은 그녀의 성별을 의심했을지도 몰랐다.

그만큼 그녀의 체력은 대단했으니까.

레비아가 무표정한 얼굴로 이안을 잠시 응시하더니, 큰 눈을 깜빡이며 입을 열었다.

"어차피 이틀 동안 할 것도 없는데, 이안 님 퀘스트 도와드리면 안 될까요?"

"어…… 음……."

레비아의 도움이야 이안도 무척이나 반가운 것이었지만, 지금 이안이 해야 할 퀘스트인 시험의 관문은 파티로 입장할 수 있는 곳이 아니었다.

혹시나 해서 퀘스트 창을 한번 열어 보았던 이안은, 아쉽지만 그녀의 호의를 거절할 수밖에 없었다.

"지금 제가 진행 중인 퀘스트가 파티로 공략할 수 있는 곳이 아니라서요."

레비아가 고개를 끄덕이며 대답했다.

"그럼 어쩔 수 없네요. 아쉽지만 저는 그럼 따로 사냥이나 하고 있겠어요."

그에 이안은 어이없는 표정이 되었다.

"사냥요?"

"네."

"지금 사냥을 또 하신다구요?"

"네. 뭐가 잘못됐나요?"

이안이 어이없는 데는 두 가지의 이유가 있었다.

첫째로, 파티원들이 전부 로그아웃한 지금 사냥을 하려면 레비아는 혼자로 솔로 플레이를 해야 한다는 점이었다.

사제가 솔플이 아예 불가능한 클래스는 아니었지만, 그래도 모든 클래스 중에서 가장 솔플이 힘든 클래스였다.

둘째로는, 지금이 20시간 연속 사냥을 한 직후라는 점이었다.

이안 자신이야 매번 이런 식으로 사냥을 해서 적응이 된 상태였지만, 자신과 비슷한 사고방식을 지닌 다른 유저를 처음 만나 보니 뭔가 묘한 기분이 들었다.

이안은 떨떠름한 표정으로 대답했다.

"아, 아뇨. 뭐 그렇게 하세요, 그럼. 카필라성 주변에는 그나마 사냥할 만한 필드가 좀 있으니 솔플이 가능하기는 할 거예요."

"네, 알겠습니다. 그럼 내일 모레 약속 장소에서 다시 뵙도록 하죠."

이안이 고개를 끄덕였다.

"넵."

대답을 한 이안은 발걸음을 돌려 카필라성의 외곽에 있는 시험의 관문으로 걸음을 옮기기 시작했다.

그런데 그때, 레비아가 이안을 불렀다.

"아, 이안 님."

"네?"

"죄송한데…… 혹시 제 부탁 하나 들어주실 수 있나요?"

레비아의 말에 이안은 뭔가 식은땀이 흐르는 것 같은 느낌을 받았지만, 천천히 고개를 끄덕였다.

"네, 뭐 이번에 절 많이 도와주셨으니, 저도 도움 드릴 수 있다면 드려야죠."

이안의 대답에, 순간 레비아의 얼굴이 환해졌다.

레비아가 활짝 웃으며 대답했다.

"와아, 고마워요, 이안 님."

이안은 이마에 흐르는 땀을 닦으며 속으로 중얼거렸다.

'아, 아직 확답을 한 건 아닌데…….'

어쨌든 부탁이 뭔지 들어 봐야 했기에, 이안의 시선이 다시 레비아를 향했다.

"이안 님의 이번 연계 퀘스트가 전부 끝나면, 제 퀘스트를 좀 도와주세요."

조금 의외의 부탁이었지만, 예상 범주 밖에 있던 수준은 아니었기에, 이안은 순순히 고개를 끄덕였다.

"네, 뭐, 그러도록 하죠. 그런데 어떤 종류의 퀘스트죠?"

레비아가 다시 무표정한 표정이 된 얼굴로 대답했다.

"뭐, 그냥 좀 빡센 퀘스트예요."

"……."

이안은 왠지 모를 위화감을 느꼈지만 천천히 고개를 끄덕였다.

'뭐, 내 퀘스트가 언제 빡세지 않은 적 있었나……'

그렇게 레비아와 계약(?)을 체결한 뒤 헤어진 이안은, 걸음을 더욱 빠르게 옮기기 시작했다.

이안의 목적지는, 물론 시험의 관문이었다.

쾅- 콰쾅-!

-'폭마검' 스킬이 발동됩니다.

-일시적으로 모든 일반 공격이 반경 10미터 이내의 모든 적에게 피해를 입히게 됩니다.

차원 전쟁에 합류한 첫 번째 '마족' 유저.

그는 물론 이라한이었으며, 전장에 합류하자마자 미친 듯

이 날뛰기 시작했다.

원래도 준수한 컨트롤에 독보적인 스킬 활용 능력을 가지고 있던 이라한은, 가지고 있는 파괴적인 공격 스킬을 모조리 퍼부으며 유저들을 학살해 나갔다.

-'인간계' 진영의 유저 '케이트리안'을 처치하는 데 성공하셨습니다.

-킬 포인트를 +5만큼 획득합니다.

-명성을 1,750(175×10)만큼 획득합니다.

이라한의 검은, 마롱 칼리파를 봉인하고 있던 마왕의 봉인검이다.

그것은 이안의 정령왕의 심판에 준할 정도로 강력한 무기였다. 강력한 무기에 강화된 능력치, 거기에 노블레스에 준하는 어마어마한 마기까지 더해지니 유저들은 속수무책으로 당할 수밖에 없었다.

지금의 이라한은 어지간한 최상급 마수들보다 강력한 수준.

쉽게 말해서, 지금까지 마계의 웨이브에 등장했던 그 어떤 몬스터보다 강력한 것이다.

유저들은 이라한의 사기적인 강력함에 혀를 내둘렀다.

"미친, 쟤 뭐야? 어떻게 저렇게 쎄?"

"방금 봤어? 175레벨 기사가 칼질 몇 번에 누워 버렸어. 저 공격력이 말이 되는 거야?"

이라한은 그야말로 파죽지세였다.

그는 유저였기 때문에 유저들의 파티 플레이 매커니즘을

전부 꿰고 있었고, 당연히 AI로 움직이는 다른 마족이나 몬스터들보다 훨씬 영악한 플레이를 할 수 있었다.

당장 1:1로 이라한을 상대할 수 있는 플레이어가 없었기 때문에, 이라한은 최대한 마계 진영의 마족들과 마수들을 이용하며 교묘하게 인간계 진영의 유저들을 하나씩 처치했다.

레벨도 200이 넘는 최고 레벨인 데다 마족 보정으로 인해 스텟이 30퍼센트가 추가로 뻥튀기되기까지 했으니, 민첩성도 이라한을 따라올 수 있는 유저가 없었다.

'크으, 이 맛에 PK하는 거지, 흐흐. 내가 너희한테 악감정은 없다. 미안하다, 친구들아.'

이라한은 자신의 검에 픽픽 쓰러지는 유저들을 보며 희열을 느꼈다.

마족 유저에 대한 대처가 제대로 되지 않은 지금, 최대한 꿀을 빨아야 한다는 게 이라한의 생각이었다.

콰앙-!

-유저 '마두이'에게 치명적인 피해를 입혔습니다.

-유저 '마두이'의 항마력으로 인해, 피해량이 3.56퍼센트만큼 감소합니다.

-유저 '마두이'의 생명력이 228,900만큼 감소했습니다.

-'인간계' 진영의 유저 '마두이'를 처치하는 데 성공하셨습니다.

-킬 포인트를 +5만큼 획득합니다.

-명성을 1,880(188×10)만큼 획득합니다.

이라한은 시스템 메시지를 슬쩍 보더니 피식 웃었다.

'마계 차원 전쟁에 나왔다는 놈들이 항마력을 5퍼센트도 안 맞춰 놨다니. 이거 완전 멍청이들 아니야?'

이라한은 바보가 아니었다.

오히려 무척이나 영리하고 똑똑한 유저였다.

그렇기에 이라한은 항마력의 중요성에 대해 잘 알고 있었다.

'템까지 신경 좀 써서 맞췄으면 랭커들은 10~20퍼센트 정도 항마력까지는 충분히 맞출 수 있었을 텐데, 어떻게 항마력 5퍼센트 맞춰 놓은 유저도 하나도 안 보이는 거지?'

결론적으로 이라한은 싱글벙글했다.

항마력이 낮은 유저들이야말로 그의 밥이나 다름없었기 때문이었다.

이라한의 마기 발동률은 무척이나 높았고, 마기 대미지는 방어력을 무시하는 고정 대미지였다.

20만에 육박하는 이라한의 마기가 두어 번 발동하면, 항마력이 낮은 유저들은 그대로 지워져 버리는 것이 당연했다.

'좋아, 벌써 20명도 넘게 잡았군. 이 정도 속도면 5백 명 금방이겠어.'

이라한은 싱글벙글 웃으며 다음 목표를 향해 걸음을 옮기기 시작했다.

이 차원 전쟁의 현장은, 이라한에게 그야말로 젖과 꿀이 흐르는 땅이었다.

한편, 이라한이 날뛰는 동안 마족으로 종족 변환에 성공한 후발 유저들이 하나둘 마계 진영에 합류하기 시작했다.

그리고 그것은 인간계 진영의 유저들에게 재앙으로 다가왔다.

"아니, 네놈은 그때 그 천한 놈이 아니더냐! 예가 어디라고 다시……!"

카필라성의 시험의 관문.

그곳을 지키는 NPC들은 관문 안으로 발을 들인 이안을 발견하자마자 노발대발하며 뛰어왔다.

며칠 전에 왔었던 이안을 알아본 것이었다.

'뭐야? 내가 왜 천민인데?'

하지만 이안이 새로 갱신한 신분 패를 품속에서 꺼내어 든 순간, 전세는 그대로 역전되고 말았다.

"그게 무슨 무례한 말입니까. 이제 난 어엿한 크샤트리아인데."

이안의 앞에 서 그가 내밀어 든 신분 패를 확인한 경비병들은, 꿀 먹은 벙어리가 되고 말았다.

크샤트리아의 신분은, 바이샤의 신분인 경비병들보다도

한 단계 높은 등급의 신분이었기 때문이었다.

그리고 잠시 후, 가장 먼저 이안에게 큰소리를 쳤던 경비 대장이 고개 숙여 사과하였다.

"죄, 죄송합니다, 이안 님. 저희가 몰라 뵙고 실수를 저질 렀습니다. 부디 넓은 마음으로 용서해 주시길……."

그 말을 듣자, 순간 이안은 엉뚱한 생각이 들었다.

'용서라…… 내가 용서를 안 하면 어떻게 되는 건데?'

하지만 엉뚱한 궁금증을 채워 보기에는 이안에게 주어진 시간이 그리 많지 않았다.

차원문을 열 수 있는 이틀 뒤까지 전륜왕의 두 가지 보물 을 얻지 못한다면, 일주일이 더 지나야 인간계로 돌아갈 수 있기 때문이었다.

'그럴 순 없지. 빨리 돌아가서 다시 공헌도 전체 1위 찍어 야 하는데.'

이안이 경비대장을 향해 물었다.

"어쨌든 그럼 이제 시험의 관문에 도전할 수 있는 겁니까?"

이안의 물음에 경비대장이 다급히 고개를 끄덕였다.

"무, 물론입니다, 이안 님. 바로 입장하시겠습니까?"

이안 또한 곧바로 고개를 끄덕였다.

"네, 입장할게요. 따로 제가 알아야 하는 룰 같은 건 없는 거죠?"

"예, 그렇습니다. 저희도 들어가 보지 못해서 정확히는 모르지만 관문에 들어가면 관문 안에 있는 모든 것들을 자연히 알게 된다고 들었습니다."

이안이 고개를 천천히 끄덕이며 속으로 생각했다.

'뭐, 시스템 하나는 간편하고 마음에 드네.'

이안이 다시 말했다.

"알겠습니다. 그럼 저는 어디로 가야 하죠?"

경비대장이 옆쪽에 서 있던 경비대원에게 턱짓을 했고, 그러자 그가 앞으로 나와 이안에게 고개를 숙여 보이며 말했다.

"저를 따라오십시오, 안내해 드리겠습니다."

"감사합니다."

이안은 그를 따라 천천히 걷기 시작했고, 그가 안내한 곳은 시험의 관문 건물의 뒤편, 거대한 바위산에 있는 비동秘洞이었다.

우우웅-.

비동의 앞에 있는 마법진에, 경비병이 다가가 붉은 빛깔의 구슬을 올려놓았다.

그러자 마법진에서 빛이 새어나오더니, 거대한 바위로 막혀 있던 입구가 굉음을 내며 천천히 열리기 시작했다.

그극- 그그극-.

신기할 정도로 완벽한 정원定員의 형태를 가진 둥그런 문을 막고 있던 원형의 바위가 옆으로 굴러갔고, 이안은 열린 문의 안쪽을 향해 저벅저벅 걸음을 옮겼다.

"그럼, 건승을 빌겠습니다."

경비대장의 말에, 이안이 고개를 끄덕이며 손을 들어 보였다.

"뭐, 그러도록 하죠."

비동의 안쪽은 무척이나 스산한 분위기였다.

이안은 소환수들을 우선 전부 소환한 뒤, 소환수들의 상태를 점검했다.

'가신들도 데리고 들어올 수 있었으면 더 좋았을 텐데……꼭 이런 퀘스트에는 가신이 같이 못 들어오게 되더란 말이지.'

이안은 툴툴거리며 계속해서 걸음을 옮겼다.

비동에는 길이 하나밖에 없었기 때문에, 딱히 선택의 여지가 없었다.

"카카, 여기에 대해서는 뭐 아는 거 없어?"

이안은 자신의 어깨에 앉아 꾸벅꾸벅 졸고 있는 카카에게 은근슬쩍 물어보았다.

카카로부터 얻는 정보들의 꿀맛을 너무 봐 버렸기에, 이제는 잘 모르는 게 있으면 우선 카카에게 물어보는 것이 당연한 수준이었다.

입가에 침까지 질질 흘리며 달콤한 잠에 빠져 있던 카카가 눈을 게슴츠레 뜨며 이안을 향해 고개를 돌렸다.

"나도 잘 모른다. 나라고 모든 걸 아는 게 아니다, 주인아."

"흐음…… 쩝."

이안은 입맛을 다시며 카카에게서 시선을 떼었다.

조금 아쉽기는 했지만 어쩔 수 없는 일이었다.

'카카에게 너무 의존하는 것도 좋지 않아.'

이안은 다시 걸음을 옮기기 시작했고, 길다란 터널의 끝이 보이기 시작했다.

그런데 그 순간, 이안은 뭔가 이상한 점을 깨달았다.

"야, 카카, 그런데 너 어떻게 자는 거냐?"

이안의 말에, 카카가 화들짝 놀라며 이안의 어깨에서 튕겨져 나와 허공으로 둥실 떠올랐다.

"뭐, 뭐가 말이냐, 주인아?"

이안이 속사포처럼 말했다.

"그렇잖아! 너 원래 잘 수 없는 놈이었잖아. 3천 년 동안 한 번도 자 본 적이 없다며? 그래서 욕심 많은 몽마 고유 능력도 사용할 수 없었던 거고. 그런데 지금 방금 꾸벅꾸벅 졸고 있었단 말이지?"

이안이 카카의 눈앞에 두 눈을 가져다 대며 게슴츠레 떴다.

그러자 카카가 말을 더듬었다.

"으, 으음…… 그러니까, 그게……."

이안의 눈이 날카롭게 빛났다.

"뭐야, 지금까지 나에게 거짓말을 했던 거야? 그러고 보니 네 정보 창에는 잘 수 없다는 말이 어디에도 없었어!"

꿀잠에 빠져 있다가 급작스럽게 당한 공격에, 카카는 허둥지둥했다.

"그, 그런 게 아니다, 주인아!"

"그럼?"

"카르가 팬텀 일족은 원래 잠을 잘 수 없는 일족이 맞다."

"계속해 봐."

이안은 팔짱을 끼고 카카의 변명을 듣기 시작했고, 카카의 말이 계속해서 이어졌다.

"혹시 골동품 상점에서 내가 사자고 했던 고서古書 기억 나냐, 주인아?"

카카의 말에 이안은 순간 떠오른 것이 있었다.

'아 맞다, 카카가 1층에서 처음 들고 나왔던 낡은 책. 그걸 잊고 있었네.'

이안은 카카를 째려보며 대답했다.

"뭐야, 그러고 보니 그거, 너 어쨌어? 새까맣게 잊고 있었잖아?"

카카가 쭈뼛거리며 말을 이었다.

"그 고서가 사실…… 봉인된 고유 능력을 열어 주는 전설 등급 잡화 아이템이다, 주인아."

"……!"

이안의 두 눈이 휘둥그레졌다.

그도 그 아이템이 뭔지 잘 알고 있기 때문이었다.

"세이트리안의 기록서? 혹시 그거였냐?"

카카가 이안의 눈치를 보며 천천히 고개를 주억거렸다.

"그, 그렇다, 주인아."

"그리고 그 비싼 아이템을 네 녀석이 꿀꺽한 거고?"

"……."

"카카, 네 봉인되어 있던 마지막 고유 능력을 오픈하는 데
쓴 거지?"

"그……렇다, 주인아."

카카는 입을 삐죽 내밀며 고개를 푹 떨구었다.

그 모습에 이안은 피식 웃으며 속으로 생각했다.

'그렇지 않아도 경매장에 기록서 올라오면 바로 구입해서
카카 봉인 능력 뚫어 주려고 했는데, 잘됐네.'

세이트리안의 기록서는 희귀한 아이템이었다.

그리고 전설 등급의 잡화 아이템 치고는 그래도 제법 드
롭이 되는 아이템이기는 했지만, 공급보다 수요가 월등히
많아서 무척이나 고가로 시세가 형성되어 있는 아이템이기
도 했다.

세이트리안의 기록서의 평균 시세는 대충 1,500만 골드
정도.

어마어마하게 비싼 아이템이기는 했지만 이안은 카카에게

그 정도의 돈을 투자할 생각은 있었고, 그래서 오히려 카카로 인해 공짜에 가깝게 얻게 된 것이 이득인 수준이었다.

'하지만 꽤씸한 건 어쩔 수 없잖아?'

이안은 두고두고 이 건으로 카카의 약점을 잡아야겠다고 생각을 하며, 다시 입을 열었다.

"너, 이거 나한테 빚진 거다."

이안의 조금 풀어진 표정에, 카카가 헤실헤실 웃으며 대답했다.

"헤헤, 주인아, 노예가 주인한테 빚을 지는 게 어땠냐? 내가 가진 게 전부 주인 건데."

"……."

능구렁이 같은 카카를 보며, 이안은 고개를 절레절레 저었다.

"아무튼 그래서, 봉인 해제된 마지막 스킬은 뭔데? 그게 네가 잘 수 있게 된 거랑 관련이 있는 거야?"

카카가 힘차게 고개를 끄덕였다.

"그렇다, 주인아. 잠이라는 거 정말 너무 좋은 것 같다. 완전히 꿀맛이다."

"그렇지, 자는 건 좋은 거지……."

이안은 떨떠름한 표정으로, 오랜만에 카카의 정보 창을 열어 보았다.

## 어둠의 후예 (종족 고유)(종족 특화)(강화 능력)

어둠의 후예인 카르가 팬텀은, 빛 속성의 공격을 제외한 모든 공격에 면역력을 가지고 있다. 하지만 빛 속성의 공격에는 쉰 배 만큼의 피해를 입는다.

욕심 많은 몽마 (희귀 능력)

−몽마는 꿈속에서 일어났던 일들을 현실화시킬 수 있는 능력을 가진 마귀이다.

욕심 많은 몽마인 카카는, 꿈을 꿀 때마다 꿈 속에서 희귀한 물건을 하나씩 가지고 나타날 것이다.

꿈꾸는 악마惡魔 (종족 고유)(종족 특화)(진화 능력)(강화 능력)

−어둠의 후예인 카르가 팬텀은, 영생에 가까운 수명을 가지고 있다. 또한 그들은 어둠을 지배하는 신비하고 지혜로운 종족이지만, 이렇게 많은 능력을 가진 대신 평생 잠 수 없는 저주에 걸리고 말았다.

그래서 카르가 팬텀 일족은, 인고의 세월을 연구한 끝에, 자신들의 어둠을 지배하는 능력으로 가수면假睡眠 상태에 빠지는 방법을 터득하였다.

이는 카르가 팬텀들 중에서도 극히 일부만이 사용할 수 있는 희귀한 능력이며, '꿈꾸는 악마' 능력을 사용할 시, 어둠을 더욱 완벽하게 지배하게 된다.

(재사용 대기 시간 : 30분)

*'꿈꾸는 악마' 고유 능력이 발동되는 동안, 카카는 아무런 행동도 할 수 없다.

*'꿈꾸는 악마' 능력이 발동되면, 카카는 가수면 상태에 빠지며, 카카가 꿈을 꾸고 있는 동안에는 반경 1킬로미터 이내의 범위에 어둠이 내려앉게 된다. (지속 시간 : 10분. 어둠이 내려앉은 지역은 '밤'과 같은 효과를 갖는다.)

*'꿈꾸는 악마' 고유 능력이 발동되는 동안, 모든 파티원의 공격력이 5퍼센트만큼 상승하게 되며, 모든 어둠 속성 피해를 50퍼센트만큼 감소시킨다. 또한 반경 안의 모든 은신 상태의 적이 시야에 드러나게 된다. (은신이 풀린 적은 10초간 이동 속도가 30퍼센트만큼 느려진다.)

이안은 어안이 벙벙해졌다.

"와……."

지금까지 이안이 봐 왔던 어떤 고유 능력들도, 이 '꿈꾸는 악마' 보다 설명이 길었던 것은 없었다.

정말 압도적으로 많은 설명을 담고 있는 카카의 새 고유 능력.

그 길고 복잡한 고유 능력의 옵션들을 다 읽은 순간, 이안은 두 주먹을 불끈 쥘 수밖에 없었다.

'이거다, 이거야! 이거면 1,500만 골드가 하나도 아깝지 않지!'

이것이야말로 이안의 유일한 걱정거리였던 암살자 클래스를 상대할 수 있는 히든카드였다.

이안은 초창기에 암살자 랭커인 림롱에게 PVP에서 진 적이 있었다.

지금은 이제 그때처럼 일방적으로 당할 일은 없을 것이라 확신하지만, 그래도 아직까지 상대하기 가장 까다로운 게 암살자 클래스였다.

소환술사가 유독 암살자에게 상성이 안 좋기도 했지만, 암살자 클래스 자체가 PVP에 완벽히 특화된 클래스였기 때문이었다.

그나마 투기장 같은 곳에서는 암살자가 주변에 있다는 사실을 알고 있으니 대처라도 되지만, 차원 전쟁 중에 마족의 암살자 클래스라도 만난다면 아주 찰나의 방심만으로도 눈앞이 캄캄해지는 것을 보게 될 수도 있을 것이었다.

하지만 암살자를 무섭게 만들어 주는 '은신' 능력을 무력화시킬 수 있다면 얘기는 달랐다.

적어도 이안 자신보다 스펙이 부족하고 컨트롤이 떨어지는 암살자에게 질 일은 없을 것이라고 확신할 수 있었다.

'그리고 그런 암살자는 없겠지.'

이안은 림롱이 뛰어난 컨트롤 능력을 가진 암살자인 것은 인정했다.

하지만 상성 관계에서 동등한 입장이 된다면 자신의 상대가 되지 않을 것이라는 부분도 확신했다.

게다가 카카의 이 고유 능력이 발동하면 밤에 더 강력한 힘을 발휘하는 라이도 미쳐 날뛸 것이 분명했다.

이안은 표정 관리를 하느라 힘을 빼고 있었다.

'여기서 너무 좋아하면 카카가 더 의기양양해지겠지?'

아무리 기분이 좋아도 그 꼴은 볼 수 없었다.

이안은 올라가려는 입꼬리를 겨우 진정시키며, 카카에게 말했다.

"확실히 좋은 능력이네. 잘 활용하면 대규모 전투에서 꿀 좀 빨 수 있겠어."

이안의 무미건조한 반응에, 카카가 미심쩍은 눈으로 이안에게 말했다.

"뭐냐, 주인아? 그 로봇 같은 반응은."

하지만 이안은 대꾸도 하지 않은 채, 재빨리 몸을 돌려 걸음을 옮기기 시작했다.

카카는 툴툴거리며 이안을 따라왔고, 이안은 곧 통로의 끝에 다다를 수 있었다.

그리고 그곳에는, 이안의 예상과는 조금 다른 상황이 그를 기다리고 있었다.

"도전자라…… 정말 오랜만의 도전자로군."

시험의 비동 심처에 있는 커다란 공터.

이안은 자신 앞에 서 있는 10척 장신의 거구를 올려다보고 있었다.

'거인족'이라기에는 빈약한 덩치였지만, 인간이라기에는 터무니없이 거대한 남자였다.

그는 허리까지 내려오는 기다란 흰 수염에, 황금빛의 갑주, 거기에 자신의 키보다도 더 커다란 언월도를 든 노장老將이었다.

이안은 그를 향해 다가가 입을 열었다.

아니, 그러려고 했다.

'뭐지? 여기서도 자동 퀘스트 진행이 발동되는 건가?'

이안 본인의 의지와는 상관없이 퀘스트가 시작된 것이었다.

이안은 편안한 마음으로 관조하기 시작했고, 곧 퀘스트가 진행되었다.

"이안이라고 합니다. 만나 뵙게 되어 영광입니다."

이안의 말에 노장이 흡족한 표정으로 대답했다.

"우리 마우리아 제국에 오랜만에 걸출한 인물이 등장했군. 성왕께서 축복을 내리심이 분명하구나."

여기까지 들은 이안은 의아해졌다.

'뭐지? 갑자기 어딜 봐서 걸출한 인물이라는 거지?'

이안은 정확히 이해할 수 없었지만, 노인의 '걸출한 인물'이라는 평은 이안의 명성과 관계가 있었다.

그동안 단 한 번도 명성을 소모하지 않은 이안의 명성은, 현재 2천만을 넘어 3천만에 육박할 정도로 어마어마하게 쌓여 있던 것이다.

그리고 마우리아 제국의 관문은 유저의 명성과 밀접한 연관이 있는 곳이었다.

"과찬이십니다. 그저 도의를 알고, 정의를 위해 할 수 있는 일들을 해 왔을 뿐입니다."

이안은 자신의 분신의 대사에 손발이 사라질 뻔했다.

'뭐야, 으…… 소름이 다 돋네.'

하지만 오그라드는 이안과는 별개로 앞에 있는 노장은 무척이나 흡족한 표정이었다.

"정법의 이치에 맞게 세상을 살아가는 것이야말로, 진정 존경받을 만한 일이지."

이안을 잠시 응시한 노장이 다시 천천히 입을 열었다.

"어쨌든 만나게 되어 반갑네, 이안. 나는 7대 성왕이시자 철륜왕이신 헤이슈카 님의 신하 쇼우타라고 한다네."

자신을 쇼우타라고 소개한 그는, 이안과 악수를 한 뒤 천천히 걸음을 옮겼다.

"따라오시게. 자네 정도의 공덕을 쌓은 인물이라면 굳이 이러한 시험을 거치지 않아도 되겠군. 어떤가. 내가 지금이라도 성왕을 알현케 해 드릴 수 있는데, 그렇게 하겠는가?"

쇼우타의 말을 들은 이안은 눈이 번쩍 뜨이는 것을 느꼈다.

'뭐지? 이 꿀 같은 프리패스는 대체 뭐지?'

왜인지는 알 수 없지만 엄청난 호의를 베푸는 쇼우타였다.

하지만 다음 순간, 이안의 행복했던 기분은 산산조각 나고 말았다.

"아닙니다. 제가 뭐라고 그러한 특혜를 바라겠습니까. 저는 성왕을 알현키 위해 제 능력이 충분함을 증명해 보이고 싶습니다."

이안은 어이가 없어서 벙 쪘다.

'뭐, 뭐야 이게! 이건 내가 아니라고! 이건 무효야!'

하지만 AI의 통제를 받기 시작한 이안의 몸이 움직일 리는 만무했고, 이안은 눈을 뜬 채 코 베이는 기분이었다.

그런 이안의 기분을 아는지 모르는지, 쇼우타가 호탕하게 웃으며 대답했다.

"허헛, 정말 마음에 드는 친구로군. 좋아, 자네라면 내 시험 정도는 분명히 통과할 수 있겠지."

이안이 고개를 숙여 보이며 대답했다.

"제 능력을 증명할 수 있는 기회를 주십시오."

쇼우타가 고개를 끄덕이며 말했다.

"좋네. 그렇다면 지금 바로 시험을 시작하도록 하지."

"감사합니다."

이안은 조금 우울해졌지만, 현실을 받아들이기로 했다.

'그래 뭐, 퀘스트가 공짜로 풀릴 리가 없지. 시험인지 나발인지 통과하면 그만이지 뭐.'

뭔가 카일란의 AI에게 농락당한 기분이 든 이안은, 이를 갈았다.

그리고 잠시 후, 이안이 통제하던 AI로부터 해방되었고 쇼우타는 허공에서 조금씩 희미해졌다.

"무운을 비네, 이안."

이안은 어색한 표정으로 고개를 끄덕이며 대답했다.

"감사합니다."

쇼우타는 사라졌고, 대신에 이안의 눈앞에는 다섯 줄기의 빛이 내려앉기 시작했다.

그리고 그 빛줄기들은 각기 다른 모습을 가진 괴수들로 형상을 갖춰 갔다.

이안은 소환수들을 얼른 소환하고 긴장한 표정으로 그들의 면면을 하나씩 살폈다.

'325, 339, 340…… 전체적으로 300~350레벨 사이의 네임드 몬스터 다섯이라………'

이안은 쉽지 않겠다는 생각을 했다.

전체적인 레벨은 남섬부주 외곽의 던전에 있던 몬스터들보다 오히려 낮은 수준이었지만, 이들은 전부 네임드였기 때문이다.

게다가 이안에게는 지금 가신도 없었다. 얀쿤과 카이자르의 도움이 없는 지금, 이 정도의 상대는 결코 쉽지 않았다.

'카카의 새로 얻은 능력을 요긴하게 한번 써 봐야겠군.'

적중에 암살자가 있다거나 어둠 속성 공격을 사용하는 몬스터가 있는 것은 아니었지만, 그것을 배제하더라도 카카의 광역 범위기는 무척이나 매력적이었다.

전체 공격력을 5퍼센트 올려 주는 데다 라이에게 독무대를 만들어주는 느낌이었기 때문이었다.

전투가 시작되기 전, 어디선가 쇼우타의 목소리가 들려

왔다.

　─이들은 '동승신주東勝身洲'의 지저에 서식하는 악마들의 환영이다. 이들은 본신의 능력의 6~7할 정도밖에는 반영하지 못하지만, 그래도 결코 쉬운 상대는 아닐 터. 어디 자네의 능력을 마음껏 증명해 보시게나.

　이안은 쇼우타의 이 말이, 자신을 놀리는 것으로 들렸다.

　"으, 으으…… 좀 그냥 넘어가 주면 얼마나 좋아."

　이안은 창대를 고쳐 잡으며 투덜거렸다.

　이안이 전투를 좋아하기는 하지만, 그래도 무임승차가 가능할 때는 그 편이 좀 더 좋은 게 당연했다.

　"그래, 이 정도도 못 잡을 거였으면 여기 오지도 않았지."

　이안은 중얼거리며 몬스터들을 향해 달려들었다.

　이제는 정말 퀘스트의 막바지라는 생각을 하자, 조금 더 힘이 나는 듯했다.

　"좋아, 훌륭해."

　온통 붉은 불길이 치솟고, 여기저기서 뿜어져 나오는 마기의 향연.

　마계의 심처임이 분명한 이곳에서, 한 남자가 마왕을 향해 무릎을 꿇고 있었다.

　"지금까지 제법 많은 인간이 나를 거쳐 갔지만, 자네만큼

완벽하게 내 임무를 수행한 인간은 처음이군. 아, 한 명 정도
는 더 있었나?"

마왕의 칭찬에도, 남자는 큰 표정의 변화 없이 살짝 고개
를 숙여 보였다.

"감사합니다."

마왕은 손뼉을 치며, 몸을 돌려 뒤편을 향해손을 뻗었다.

그러자 허공에 떠 있던 붉은 수정 중 하나가, 마왕의 손을
향해 빨려 들어왔다.

그 수정은 무척이나 크기가 컸으며, 피와 비슷한 짙은 붉
은 색이 넘실거리고 있었다.

"훌륭한 성과를 보여 준 만큼 그에 맞는 보상을 줘야겠지."

마왕은 손을 슬쩍 들어 올렸다.

그러자 그의 손 위에 떠 있던 붉은 수정도, 그의 동작에 맞
춰 허공으로 붕 떠올랐다.

"이 정도면 충분한 보상이 될 것이다."

마왕은 남자를 향해 손을 뻗었고, 그러자 그의 손에 들려
있던 수정이 남자의 심장을 향해 빨려 들어갔다.

우웅- 우우웅-!

그러자 남자의 눈앞에 한 줄의 시스템 메시지가 떠올랐다.

띠링-

-'마족의 진혈'을 흡수합니다.

살짝 표정이 일그러진 채 아무런 말없이 이를 악물고 있는

남자를 보며, 마왕이 한 마디 덧붙였다.

"이미 반마로도 제법 쓸 만한 성취를 이뤘었군, 자네는."

남자는 이를 악문 채 아무런 말도 하지 않았지만, 마왕은 계속해서 말을 이었다.

"아마 가지고 있던 마기가 제법 되니, 어쩌면 노블레스에 가까운 진마가 탄생할 수 있을지도……."

마왕은 말을 마친 뒤 걸음을 돌렸다.

이제 그의 역할은 끝난 탓이었다.

그는 어둠 속으로 사라지며 마지막 한 마디를 더 남겼다.

"내가 말하지 않아도 다음 해야 할 일은 알고 있을 것이다. 일이 다 끝나면 다시 찾아오도록."

남자는 떨어지지 않는 입을 억지로 열어 대답했다.

"예, 알겠습니다."

피식 웃은 마왕은 이내 완전히 자리에서 사라졌고, 마족의 진혈을 전부 흡수한 남자는 천천히 자리에서 일어섰다.

그리고 그의 표정이 바뀌었다.

AI에 지배되어 있던 캐릭터의 통제권이 유저에게로 넘어온 탓이었다.

"좋아, 쉽지는 않았지만, 결과가 좋군."

남자는 입꼬리를 씨익 말아 올렸고, 그런 그의 눈앞에 시스템 메시지가 주르륵 떠오르기 시작했다.

─마왕의 시험을 성공적으로 완수하셨습니다.

-최종 등급 : SS

-유저 '림롱'님의 마계 등급이 '상급 마족'으로 책정되셨습니다.

-마계의 전투 능력치인 '마기'를 70,000만큼 추가로 부여받았습니다.

-마계의 새로운 능력치인 '마기 발동률'을 4퍼센트만큼 추가로 부여받았습니다.

-'진마眞魔가 되는 데 성공하셨습니다.'

-종족이 '마족魔族'으로 변경됩니다.

-명성을 20만만큼 획득합니다.

-마기 발동률이 영구적으로 3퍼센트만큼 증가합니다.

-항마력이 영구적으로 5퍼센트만큼 증가합니다.

림롱은 더욱 기분 좋은 표정이 되었다.

'확실히 반마였던 베이스가 있어서 그런가? 다른 유저들보다 보상이 월등히 좋네.'

림롱의 추측은 매우 정확했다.

림롱은 진마가 되기 전에도, 반마로서 마기를 제법 많이 쌓아 놓았다.

그는 반마가 될 때 이미 악마의 시험을 통과하여 '평마족'의 등급으로 시작했었고, 마계에서 열심히 사냥한 끝에 상급 마족까지 등급을 올려놨었던 것.

기본 베이스가 상급 마족이었던 림롱은, 마족이 되는 퀘스트인 '마왕의 시험'을 높은 클리어 등급으로 통과하면서 당연히 상급 마족으로 진마 등급을 시작할 수 있게 되었고, 부가적으로 7만이라는 어마어마한 마기까지 획득할 수 있었던 것이었다.

그리하여 현재 림롱의 마기는 15만에 육박했다.

'노블레스가 되기 위해 필요했던 마기가 20만이었던가?'

5만이라는 마기를 모으는 것이 결코 쉽지는 않을 것이었지만, 진마가 된 이상 반마일 때보다는 수월할 것이었다.

'스킬 숙련도가 바닥으로 떨어진 게 아깝기는 하지만……'

림롱은 캐릭터의 정보 창을 열어 달라진 자신의 능력치들을 한 번씩 쭉 점검했다.

그리고 흡족한 미소를 머금었다.

"좋아, 생각보다 더 괜찮은걸."

림롱은, 처음 종족 전환 퀘스트가 오픈되었을 때 곧바로 뛰어든 케이스는 아니었다.

그는 마족으로 전향하는 데에 있어서 무척이나 많은 고민을 하다가 퀘스트를 받은 케이스였다.

이미 쇄락의 길을 걷고 있는 데다, 길드 마스터인 사무엘 진까지 마족으로 전향한 오클란 길드에는 하나도 미련이 없었다.

그가 망설인 이유는 다른 데 있었다.

첫째로는 누구나 그렇듯, 지금까지 공들여 쌓아 온 스킬 숙련치에 대한 미련이었다.

그리고 가장 큰 이유는, '항마력'이라는 스텟이었다.

물론 아직까지는 10퍼센트의 항마력을 넘긴 유저도 거의 없을 게 분명했지만, 시간이 지날수록 항마력 세팅이 올라가면 마족이 불리해질 게 뻔히 보였기 때문이었다.

그런데 그랬던 그가, 마족을 선택하게 된 데에는 확실한 계기가 있었다.

'항마력 관통 옵션을 경매장에서 발견할 줄은 몰랐지.'

림롱은 우연치 않게 경매장을 검색하던 도중 '항마력 관통'이라는 옵션을 발견하게 된 것이었다.

그 수치 자체는 2.5퍼센트 정도로 그리 높은 수준이 아니었지만, 아이템의 모든 부위에 항마력 관통을 맞춘다면 충분히 항마력에 대한 대처가 될 수 있을 것이라 생각했다.

'일단 10퍼센트 정도만 어떻게 맞춰도, 웬만한 유저들 항마력은 다 뚫을 수 있을 테니까.'

그렇게 림롱이 경매장을 뒤져 확보한 항마력 관통 아이템은 총 두 부위.

항마력 관통 옵션이 붙어 있는 아이템 자체는 수십 개도 넘게 찾을 수 있었지만, 그중에 다른 옵션까지 쓸 만한 장비는 단 두 개 밖에 찾지 못한 것이었다.

그 두 부위의 장비도, 원래의 림롱이 착용하던 장비보다는 많이 부족한 것이었지만, 아쉬운 대로 쓸 수밖에 없었다.

그래도 두 개 다 전설 등급의 장비였기 때문에, 합하면 7퍼센트 정도의 항마력 관통 옵션을 얻을 수 있었다.

림롱은 그 정도면, 모든 유저에게 거의 트루 대미지로 마기를 꽂아 넣을 수 있을 것이라 생각했다.

그리고 그것은 당연한 생각이었다. 어지간히 노가다를 한 자신도 이제 겨우 9퍼센트 정도의 항마력을 확보했을 뿐이었으니까.

림롱의 항마력은 캐릭터 자체 항마력 7퍼센트에 아이템으로 확보한 2.5퍼센트를 합한 9.5퍼센트였다.

이런 상황이었으니, 캐릭터 자체 항마력만 30퍼센트에 가깝게 모아 놓은 이안 같은 괴물이 있을 것이라고는 상상도 할 수 없는 것이 당연했다.

'후후, 빨리 노블레스 조건을 충족시키고 나서 나도 차원 전쟁에 합류해야겠어. 이라한 혼자서 독식하는 꼴을 볼 수는 없지.'

림롱은 이라한이 최초의 진마라는 정보도 알고 있었다.

진마가 된 뒤 상태를 꼼꼼히 점검하고 난 림롱이 서둘러 걸음을 옮기기 시작했다.

지금도 이라한이 꿀을 빨고 있을 것이라는 생각을 하니, 마음이 조급해져 왔다.

동승신주의 악마들은 무척이나 강했다.

정확히 말하자면 그들의 환영이었다.

이안을 시험하고자 소환된 300~350레벨 정도의 악마들의 환영은 그를 충분히 궁지로 몰아넣었다.

'젠장, 몬스터 주제에 너무 영리해.'

게임 초반에는 유저가 자신보다 고레벨인 몬스터를 사냥하는 게 무척이나 힘들다.

가지고 있는 스킬들에 한계가 있고, 전투에 있어서 변수가 거의 없는 상태이기 때문이다.

하지만 게임이 후반으로 갈수록 유저들은 점점 더 몬스터들과의 레벨 격차를 극복할 수 있게 된다.

그것은 유저가 몬스터들의 AI보다 훨씬 똑똑하고 영리한 플레이를 할 수 있기 때문이다.

물론 몬스터들도 지능 스텟이 상승하며 AI가 좋아지기는 하지만, 그것에도 한계가 있는 것이다.

그렇기 때문에 유저들은 레벨에 오를수록 가진 바 스킬들과 능력들이 다양해지며, 그것들을 적재적소에 사용해 변수를 만들고, 자신보다 훨씬 강력한 몬스터들을 사냥할 수 있게 되는 것이다.

거기에는 갈수록 좋아지는 장비도 큰 몫을 했지만, 어쨌든 그러했다.

그리고 지금 이안이 고전하는 이유는 여기에 있었다.

'쇼우타'가 이안을 상대하기 위해 소환한 마수들.

이 마수들은 어쩐지 일반적인 몬스터들이라고는 생각할 수 없을 만큼 지능적인 플레이를 하고 있었다.

이안이 눈을 가늘게 떴다.

'마치 다섯 명의 유저를 상대하는 기분인데…….'

하지만 그것이 어쨌든, 이안은 지금의 이 상황을 이겨 내야 했다.

'생각보다 너무 큰 피해를 입었어. 이젠 최대한 속전속결로 끝내야 해.'

이안 캐릭터 자체의 생명력은 아직 아무런 피해가 없었다.

이안이 거의 공격을 허용하지 않았을뿐더러, 적들이 이안을 노리지도 않았던 것이다.

대신 이안은 빡빡이와 할리를 잃은 상태였다.

물론 이안도 다섯의 악마 중 하나를 제거했으며, 나머지 넷에게도 제법 피해를 입히기는 했다.

하지만 이안은 아직 힘의 균형이 무너지지 않았다고 생각했다.

'그리고 갈수록 내가 불리해질 거야.'

악마들은 그리 엄청난 수준은 아니었지만, 자생 능력을 가지고 있었다.

자체적으로 생명력이 조금씩 회복된다는 얘기였다.

이안도 뿍뿍이의 광역 힐이 존재하기는 했지만, 그것과는 얘기가 달랐다.

뾱뾱이의 힐에는 제법 긴 재사용 대기 시간이 존재했고, 저들의 회복 능력에는 그런 제한이 없었으니까.

"후우."

소환수들을 내어 줘야 할 정도로 난이도 높은 상대는 오랜만이었기에, 이안은 숨을 가다듬었다.

이제는 틈을 봐서 할 수 있는 최고의 공격을 퍼부어야 했다.

'놈들은 유저만큼이나 똑똑하다. PVP를 한다고 생각하면서 플레이해야 해.'

이안은 속으로 작전을 짰다.

물론 그 와중에도 전투는 계속되고 있었다.

이안이 어떻게든 시간을 끌며 버티고 있었을 뿐이었다.

쾅- 콰쾅-!

격렬한 전투 속에서도, 이안은 냉정히 상황을 파악했다.

'저 기괴한 낫을 들고 있는 녀석이 가장 위험해. 그리고 저 리치 같이 생긴 놈도.'

이안이 가장 경계하는 적은 남은 넷의 악마 중에서도 둘이었다.

그중 하나는 시커먼 후드 망토를 뒤집어쓰고 길쭉하고 기괴한 형상의 낫을 양손에 들고 있는 악마였으며, 다른 하나는 해골의 형상을 하고 시커먼 완드를 들고 있는 리치였다.

이안은 그중에서도 특히나 낫을 든 악마에게 가장 큰 피해를 입었다.

녀석은 평소에는 크게 위협이 되지 않다가, 결정적인 순간에 단일기로 말도 되지 않는 대미지를 집어넣었다.

그 피해량이 무지막지함의 반증으로 그의 낫질 한 번에 최대 생명력에 가깝게 유지하고 있던 할리가 즉사했으며, 절반 정도의 생명력이던 빡빡이도 단 한 방에 죽어 버리고·말았다.

이안은 놈의 낫을 피하면서 생각했다.

'찰나간이라서 제대로 보지는 못했지만, 분명 저 녀석의 기술은 어둠 속성이었던 것 같았어.'

만약 녀석의 필살기를 맞고 할리나 빡빡이가 잠깐만 살아 있었더라도, 기술의 속성을 확인하는 데는 문제가 없었을 것이었다.

받은 피해의 속성이 뭔지, 대미지를 입은 대상의 상태를 확인해 보면 알 수 있었으니까.

하지만 놈의 그 기술이 한번 터질 때마다 여지없이 이안의 소환수가 죽어 버렸으니, 그것을 확인할 방법은 찰나 간에 떠오르는 속성 이펙트뿐이었다.

'어쩔 수 없다. 도박을 해 보는 수밖에.'

이안은 그 공격의 속성이 '어둠 속성'이라는 것을 전제로 도박을 감행해 보기로 했다.

그리고 그 작전에 따라 천천히 움직이기 시작했다.

"빡빡이, 앞으로 나가서 기회 보다가, 내가 저 녀석 공격하면 먹어치워 버려. 알겠지?"

이안의 말에, 뿍뿍이가 고개를 끄덕였다.

"알겠뿍!"

뒤뚱뒤뚱 앞으로 걸어 나가는 뿍뿍이를 보며, 이안의 어깨 옆에 둥실 떠 있던 카카가 이안을 향해 물었다.

"어떡하려는 거냐, 주인아? 저들은 다음 타깃으로 뿍뿍이를 노리고 있다."

이안이 담담히 고개를 끄덕이며 대답했다.

"나도 알아."

현재 뿍뿍이의 생명력은 40퍼센트 정도가 남아 있었다.

뿍뿍이도 빡빡이 못지않은 탱킹 능력을 가지고 있었지만, 이 정도라면 분명히 악마의 낫에 버틸 수 없을 것이었다.

이안이 적들을 향해 달려들기 전에 카카를 슬쩍 응시하며 낮은 목소리로 말했다.

"부탁한다, 카카. 악마의 낫이 휘둘리는 타이밍에 어둠을 깔아 줘."

"……!"

카카는 무척이나 똑똑했고, 덕분에 이안의 말을 곧바로 알아들을 수 있었다.

그리고 그것이 제법 괜찮은 판단이라 생각했는지 고개를 끄덕였다.

"알겠다, 주인. 주인의 판단력을 믿어 본다."

카카의 말이 끝나기도 전에, 어느새 이안의 신형은 앞으로 뛰쳐나가고 있었다.

그리고 이안이 노리는 것은, 저들의 후방에서 강력한 광역 마법을 뿌려 대는 리치 형상의 악마였다.

"카르세우스, 핀, 광역 뿌려 줘. 라이, 넌 따라와!"

"알겠다, 주인."

꾸룩ー 꾸구국ー!

이안은 그러면서 뿍뿍이에게도 손짓을 했다.

그러자 뿍뿍이가 느릿느릿한 몸집으로 이안을 따라오기 시작했다.

'판을 짜고 도박을 걸었으니, 성공하길 비는 수밖에.'

이안은 정말 전력을 다해 리치를 향해 뛰어들었다.

하지만 다른 악마들이 그가 광역 딜러인 리치에게 접근하도록 허용할 리 없었다.

그들은 빠르게 이안의 앞을 막아섰고, 그 위로 카르세우스의 브레스와 핀의 분쇄가 뿌려졌다.

콰아아아ー!

콰콰쾅ー!

순간 악마들의 앞으로 생성되는 반투명한 결계.

그것들은 브레스와 분쇄를 완벽히 막아 낼 수는 없었지만, 피해를 대폭 줄이는 데는 성공했다.

이안의 소환수들이 가진 스킬들 중 가장 강력한 두 개의 광역기가 터졌음을 감안한다면 조촐한 성과였다.

하지만 이안은 속으로 웃고 있었다.

'역시, 내 예상대로……!'

이안은 리치에게로 달려들던 몸을 틀어 다시 뿍뿍이가 있는 곳을 향해 달렸다. 그의 예상대로라면 분명히 낫을 든 악마가 뿍뿍이를 노릴 것이기 때문이었다.

그리고 역시나, 뿍뿍이의 앞에 시커먼 연기가 퐁 하고 피어올랐다.

-키키키, 늦었다, 인간.

순간적인 공간이동 기술을 사용해 뿍뿍이의 앞에 나타난 악마.

악마는 그대로 뿍뿍이에게 달려들며 낫을 휘둘렀다.

마치 공간이 일그러진다는 착각이 들 정도로, 낫은 기이한 기운을 머금은 채 뿍뿍이를 향해 쇄도했다.

그런데 그 순간, 놀랍게도 이안은 사망 직전에 이른 뿍뿍이에게 명령을 내렸다.

"뿍뿍아, 욕심 많은 포식자!"

"알겠뿍-!"

그리고 당연한 얘기겠지만, 뿍뿍이의 포식자 능력이 발동됨과 동시에 악마의 기술도 뿍뿍이에게 격중되었다.

누가 보더라도 뿍뿍이가 살아남는 것은 힘들어 보이는 상황이 펼쳐졌다.

하지만 그때, 전장의 주변으로 어둠이 깔리기 시작했다.

우우우웅─.

그리고 이안의 눈앞에, 기다렸던 시스템 메시지가 떠올랐다.

─노예 '카카'의 '꿈꾸는 악마' 고유 능력이 발동되었습니다.

─'어둠의 지배'가 지속되는 동안, 모든 파티원의 공격력이 5퍼센트만큼 상승하게 되며, 모든 어둠 속성 피해가 50퍼센트만큼 감소하게 됩니다. 또한 반경 안의 모든 은신 상태의 적이 시야에 드러나게 됩니다.

이안이 노린 것은 바로 이 어둠의 지배 효과였다.

그리고 그 효과들 중에서도, 모든 어둠 속성의 피해를 50퍼센트만큼 감소시켜 주는 효과가 이안이 노린 부분이라고 할 수 있었다.

여기에…….

─소환수 '뿍뿍이'의 '먹을 땐 방해하지 마' 능력이 발동됩니다.

─343,762만큼의 내구력을 가진 보호막이 생성됩니다.

뿍뿍이의 '욕심 많은 포식자' 능력은, 당연히 공격 기술이라고 할 수 있었다.

생명력이 얼마 남지 않은 적을 즉사시킬 수 있는 즉사기인데다, 일단 발동하면 피하는 것이 거의 불가능한 기술이니 당연한 이야기였다.

하지만 이번에는, 이 기술을 사용할 때 부가적으로 따라오는 또 다른 패시브를 활용한 것이었다.

뿍뿍이가 포식자 능력을 발동시키는 순간 공격을 받는 상태면 즉발적으로 '먹을 땐 방해하지 마!' 능력이 발동되게 되며, 그것은 뿍뿍이 최대 생명력의 50퍼센트만큼을 가진 보호막을 생성해 주기 때문이었다.

이것은 약간의 역발상이자 이안에게 있어서 도박과도 같은 비장의 한 수였다.

이것이 도박인 이유는, 첫째로 상대의 악마의 낫 기술이 어둠 속성이 아닐 경우 대미지 감소를 받을 수 없다는 부분이었고, 둘째는 50퍼센트 대미지 감소에 뿍뿍이의 실드까지 발동시켰음에도 뿍뿍이가 죽어 버릴 정도로 강력한 기술일 가능성도 배제할 수 없다는 점이었다.

하지만 다행히도 이안의 도박은 성공했다.

퍼억-!

-라테로스의 '악마의 낫' 고유 능력이 발동됩니다.

-소환수 뿍뿍이가 '라테로스'로부터 치명적인 피해를 입었습니다.

-뿍뿍이의 생명력이 100,055(-443,817)만큼 감소합니다.

이안은 시스템 메시지를 보자마자 낫의 파괴력을 실감할 수 있었다.

'빡빡이에게는 70만 정도, 할리에게는 거의 120만이 박히더니 뿍뿍이에게는 80만이 박히네.'

이안은 시스템 메시지 마지막 줄에 있는, '뿍뿍이의 생명력이 100,055(-443,817)만큼 감소합니다.'라는 것에 주목했다.

여기서 괄호 안의 수치는 카카가 발동시킨 어둠 지배 능력으로 인해 감소한 피해량이 분명했다.

그리고 약 34만 정도의 내구력을 가지고 있던 보호막이 뚫리면서 뿍뿍이에게 실질적으로 들어온 피해량은 10만 정도가 되어 버린 것.

이안은 대충 훑어봐도 그 정도는 파악할 수 있는 머리와 경험을 가지고 있었다.

'카카의 광역 효과가 지속되는 시간은 10분. 그 안에 전부 정리해야 돼.'

그리고 이제는 반격의 시간.

자신의 공격에 뿍뿍이가 살아남자 당황한 악마는, 순식간에 라이와 이안의 합공을 받고 사망하고 말았다.

그것은 그야말로 찰나의 순간에 벌어진 일이었다.

물론 악마의 생명력이 낮은 편은 아니었다.

하지만 뿍뿍이가 죽지도 않았기에 포식자 스킬도 적중되었고, 거기에 어둠으로 인한 강화 효과를 받은 라이와 이안이 후드려 패자 그대로 사망해 버린 것이었다.

욕심 많은 포식자 스킬의 즉사 옵션은 발동되지 않았지만 그 자체의 대미지도 강력했던 것이다.

가장 골칫덩이를 정리한 이안이, 창대를 빙빙 돌리며, 남은 세 명의 악마를 노려보았다.

악마들은 강했지만, 금방 무너지고 말았다.

정말 이안의 계획대로 어둠이 걷히기 전에 전투가 끝난 것이다.

정확히 10분 남짓의 시간.

그 시간 만에, 이안은 남은 셋의 악마를 모두 처치할 수 있었다.

최강의 단일 공격기를 가진 '라테로스'를 잡아 낸 게, 이안의 발에 묶여 있던 족쇄를 푼 것과 같은 효과를 가져온 것이다.

어쨌든 전투가 끝나자, 카카가 깔아 두었던 어둠이 걷히면서 사방이 밝아졌다.

그리고 이안의 앞에, 사라졌던 쇼우타가 나타났다.

쇼우타는 무척이나 흐뭇한 표정이었다.

이안은 쇼우타를 향해 시선을 돌렸고, 쇼우타의 말이 비동 전체에 울렸다.

-수고했네, 이안. 정말 훌륭한 전투였어.

이안이 마주 웃으며 대답했다.

"감사합니다, 쇼우타 님."

-좋은 구경을 시켜 줘서 정말 고맙군.

"과찬이십니다."

훈훈한 대화를 잠시 나눈 쇼우타는, 이안은 향해 손을 뻗었다.

그러자 쇼우타의 손 위에서 황금빛의 광채가 일렁이기 시작했다.

"으음?"

이안은 잠시간 그 광채를 멍하니 보고 있었고, 금빛 광채는 곧, 아름다운 금빛 목걸이로 변했다.

－자, 받게. 자네는 우리 마우리아 제국의 관문을 훌륭히 통과했다네.

쇼우타의 손을 떠나 천천히 이안을 향해 움직이는 목걸이.

이안이 그것을 받아들자, 쇼우타의 입이 다시 열렸다.

－그것은 이 시험의 관문을 통과했다는 증표. 자네는 이제 우리 마우리아 제국 최강의 전사들 중 한 명이라 자부해도 좋네.

그와 함께, 이안의 눈앞에 시스템 메시지가 주르륵 떠오르기 시작했다.

띠링－.

－마우리아 제국 '시험의 관문'을 성공적으로 통과하셨습니다.

－명성을 15만 만큼 획득하셨습니다.

－마우리아 제국의 금괴를 3관 획득합니다.

－'마우리아 상급 전사의 목걸이' 아이템을 획득하셨습니다.

이안은 먼저 마우리아 제국의 금괴라는 아이템을 확인했다.

그리고 두 눈이 휘둥그레질 수밖에 없었다.

'마우리아 제국 전장에서 개당 300만 골드로 환전이 가능하다고?'

물론 300만 골드가 이안에게 그리 큰돈은 아니었지만, 그래도 생각했던 것보다 훨씬 고가의 재화였기에 놀란 것이었다.

다음으로 이안은 부담스러울 정도로 화려하게 장식되어

있는 금빛 목걸이를 눈앞에 들어 보며, 속으로 중얼거렸다.

'이게 마우리아 상급 전사의 목걸이인 건가? 한번 확인해 볼까?'

이안은 기대에 부풀어 목걸이의 아이템 정보를 확인했다.

하지만 그의 기대와는 달리, 목걸이는 착용할 수 있는 액세서리 장비가 아닌 잡화 아이템이었다.

| 마우리아 상급 전사의 목걸이 | |
|---|---|
| 등급 : 전설 | 분류 : 잡화 |

거창한 설명이 함께 쓰여 있기는 했지만, 실망한 이안은 확인해 보지도 않고 인벤토리에 집어넣어 버렸다.

어차피 전륜성왕을 만날 수 있는 증표라는 것만이 중요한 부분이었기 때문이었다.

'에이, 목걸이 바꿀 때 됐는데, 좀 좋은 것 좀 주지.'

그런데 그때, 가만히 이안을 보고 있던 쇼우타가 피식 웃으며 이안을 향해 말했다.

-후후, 전사의 목걸이에 실망한 모양이군.

쇼우타의 말에 이안은 화들짝 놀라며 표정 관리를 했다.

아직 퀘스트 완료 메시지가 뜨지 않은 이상, 그의 심기를 거슬러서는 안 되는 것이었기 때문이다.

"아, 아닙니다. 그럴 리가요. 단지 잡념이 많아서 그랬던 것일 뿐입니다."

그에 쇼우타가 껄껄 웃었다.

─허허, 내 눈치를 볼 필요 없다네, 이안. 당연히 이렇게 어려운 관문을 통과하고 받은 대가인데, 기대가 큰 것이 당연하지.

이안은 조금 당황스런 표정이 되었다.

'뭐지? 그럼 좀 제대로 된 걸 주든가.'

하지만 속내를 그대로 말할 수는 없었다.

"아닙니다, 이 물건이 뛰어난 증사의 징표라는 것만으로도 제게는 충분히 감사한 물건입니다."

혀에 기름을 칠한 듯 술술 아부를 쏟아 내는 이안을 보며, 쇼우타가 인자한 미소를 지었다.

─후후, 역시 자네는 영웅이 될 자질을 지녔어. 내 눈이 잘못된 것이 아니란 말이지.

"하, 하핫. 과찬이십니다."

그리고 쇼우타의 말은 끝난 것이 아니었다.

─내가 자네에게 건네준 마우리아 전사의 목걸이는, 사실 큰 힘을 숨기고 있는 물건이지. 지금 당장은 아무런 능력도 없는 평범한 목걸이에 불과할 뿐이네만, 훗날 자네가 좀 더 강해지면 지금 이 말을 이해할 수 있게 될 걸세.

이안의 표정이 살짝 변했다.

'뭐지? 나중에 봉인이 풀리면 잡화 아이템인 그 목걸이가 전설 등급의 장비로 변하기라도 한다는 건가?'

어쨌든 나쁠 건 없었기에, 이안은 기분이 좋아졌다.

"신경 써 주셔서 감사합니다, 쇼우타 님."

–별말씀을.

몇 마디를 더 나눈 뒤, 쇼우타는 이안을 어디론가 안내했다. 그리고 그곳에는 커다란 이동 마법진이 그려져 있었다.

–자, 이곳으로 들어가면 마우리아의 황성 내각에 있는 정원으로 이동될 것이네.

이안의 표정이 밝아졌다.

마우리아 제국의 황성까지는 거리가 제법 되었기 때문에, 이렇게 마법진을 활용하면 시간을 많이 단축시킬 수 있을 것이었다.

"감사합니다, 쇼우타 님."

쇼우타의 말이 이어졌다.

–황성의 마법진 앞에는 아마 자네를 기다리고 있는 사자使者가 있을 거야. 성왕께서 보내신 사자일 테니, 그를 따라서 가면 된다네.

이안은 힘차게 고개를 끄덕였다.

"알겠습니다."

그리고 그 순간, 기다렸던 퀘스트 완료 메시지가 떠올랐다.

띠링–.

–'시험의 관문' 퀘스트가 성공적으로 완료되었습니다.

–명성을 15만 만큼 획득합니다.

이어서 한 줄의 메시지가 추가로 떠올랐다.

－'마우리아 제국의 황성'으로 이동하실 수 있습니다. 지금 바로 이동
하시겠습니까? (Y/N)

"아이 씨, 이 머저리들아. 뭐라고? 자신 있다고?"

LB사의 지하 테스팅 룸.

원래 이곳은 새로운 콘텐츠를 만들어 내기 전, QA업무를
하는 직원들이 게임을 플레이해 보기 위해 존재하는 장소
였다.

테스팅 플레이와 동시에 밸런스를 조절하고, 버그나 오류
를 살피는 것이 이 방에서 본래 이루어지는 일.

하지만 오늘은 조금 다른 이유 때문에 테스팅 룸이 시끌벅
적했다.

"죄송합니다, 부장님. 면목 없습니다."

"아이고…… 야, 니들이 아니라 그냥 AI가 했어도 그거보
단 잘했겠다. 어떻게 300레벨대 다섯이 215레벨한테 질 수가
있어? 엉?"

길길이 날뛰는 남성의 말에, 앞에 서 있던 직원 다섯이 푹
고개를 숙여 보였다.

그리고 그 주변에서, 다섯의 직원들이 혼나는 모습을 다른
이들이 안타까워하며 지켜보고 있었다.

"어휴, 하필 최 부장님한테 걸려서……."

"그러게 말이에요. 최 부장님 관련된 일은 일단 피하고 봐야 상책인데."

"글쎄요. 근데 사실 저 다섯이 테스팅 팀 내에서는 실력이 제일 뛰어나잖아요. 설마 다섯이서 350레벨 악마를 플레이해서 '그놈' 하나를 못 잡을 것이라고는 생각조차 못했겠죠."

"하긴, 그것도 그러네요. 특히 한 대리는 진짜 컨트롤 능력이 기가 막히다고 소문이 자자한데……."

"맞아요. 사실 '그놈'이 너무 괴물인 거지, 우리 팀원들 실력이 부족했던 건 아니에요. 사실 따지고 보면, 한국서버의 수천만 카일란 플레이어들 중 가장 능력이 뛰어날 것으로 추정되는 유저, 그러니까 최상급 프로게이머나 다름없는 유저랑 아마추어랑 붙여 놓은 거잖아요?"

"그렇죠. 부장님은 결코 그렇게 생각하지 않으시는 듯하지만……."

직원들의 말처럼, 최 부장은 길길이 날뛰더니 씩씩거리며 위층으로 올라갔다.

그가 올라가고 나자, 신나게 욕을 먹던 다섯의 멤버 중 가장 왼쪽에 있던 남자가 입을 열었다.

"야, 오승철."

"예, 한 대리님."

"부장님 왜 저렇게 화나신 거냐?"

"그게…… 부장님들끼리 내기를 하셨다고…….""

오승철이라 불린 남자의 말에, 한 대리가 이마를 탁 짚었다.

"아이고 두야, 그런 줄 알았으면 하겠다고 안 하는 거였는데…….""

"휴, 어쩌겠습니까? 사실 우리 중에 누구도 질 거라는 생각을 안 했잖습니까. 그놈 잡고 보너스로 연차 하루씩 받아먹을 생각밖에 안 했는데…….""

"그건 그렇지."

이들 다섯의 정체는, 이안이 시험의 관문에서 만났던 다섯 악마들이었다.

놀랍게도 이안이 시험의 관문에서 맞닥뜨린 다섯의 악마에게는 컨트롤하던 유저가 있었던 것이다.

그리고 당연하겠지만, 원래 다섯 악마는 AI로 움직이게 되어 있는 몬스터들이었다.

한데 이안의 퀘스트 클리어 속도가 너무 빠르자, 기획 팀에서 테스팅 팀에 부탁한 것이었다.

관문의 몬스터들에 최고 실력자들을 접속시켜 이안을 막아 달라고 했던 것.

하지만 결과는 처참했고, 이렇게 직원들을 또 한 번 좌절할 수밖에 없었다.

"휴, 중반까지만 해도 이겼다고 생각했는데…….""

"대리님, 올라가서 일이나 하죠. 우리가 못한 게 아니라 놈이 괴물인 겁니다."

"그래……."

그렇게 이안은, 자신도 모르는 사이에 점점 LB사 직원들의 공적이 되어 가고 있었다.

위이잉-.

고대 인도의 유명한 건축물인 타지마할 궁전.

타지마할은 세계적으로도 아름답고 웅장하기로 유명한 건축물이다.

그리고 이안이 도착한 이곳 마우리아 제국의 궁전은, 마치 타지마할을 연상케 하는 위용을 지니고 있었다.

"와……."

이동 마법진을 통해 마우리아 제국 황궁 내성에 들어온 이안은 주변을 둘러보며 감탄할 수밖에 없었다.

이안은 타지마할이 뭔지도 몰랐지만, 지금 눈앞에 보이는 궁전이 무척이나 아름답다는 것은 알 수 있기 때문이었다.

이안이 궁전을 두리번거리며 감상하는 사이 누군가 이안에게 다가와 말을 걸었다.

"이안 님 되십니까?"

이안이 고개를 끄덕이며 대답했다.

"그렇습니다만?"

"저는 성왕께서 보내신 호법사자, 마챠무트라고 합니다."

"반갑습니다."

이안의 공손한 대답에, 마챠무트라고 불린 사내가 빙긋 웃으며 그를 안내했다.

"따라오십시오, 성왕께서 기다리고 계십니다."

"그럼 부탁드리겠습니다."

남자는 이안의 대답을 듣자마자 빠른 걸음걸이로 걷기 시작했고, 이안은 곧바로 그를 따라 움직였다.

마우리아 제국의 궁전은 무척이나 거대했으며, 마치 미로처럼 길이 꼬불꼬불 이어졌기 때문에 이안은 눈이 돌아갈 지경이었다.

'아오, 뭘 이렇게 복잡하게 만들어 놨어?'

그렇게 5분 정도를 걸었을까?

이안을 안내하던 호법사자는 지금까지 보지 못한 거대하고 화려한 문 앞에 멈춰 섰다.

그가 예의 그 푸근한 미소를 보이며, 이안에게 말했다.

"안쪽에 성왕께서 계십니다. 들어가 보시지요."

이안은 살짝 고개를 숙여 보이며 대답했다.

"감사합니다. 그럼 들어가 보겠습니다."

이안은 망설임 없이 문을 밀었고, 이안의 키에 세 배 이상은 됨직한 거대한 문은 무척이나 부드럽게 움직이며 열렸다.

그리고 그 순간, 이안은 캐릭터에 대한 통제를 잃었다는 것을 느낄 수 있었다.

'퀘스트가 시작되나 보군.'

이안은 편안한 마음으로 방의 한가운데 앉아 있는 남자를 향해 시선을 옮겼다.

그와 함께 이안은, 왕좌에 앉아 있는 백발이 성성한 한 노인을 발견할 수 있었다.

노인은 두 눈에 현기를 가득 담고 있었으며, 거기서 느껴지는 위압감은 시험의 관문에 있었던 쇼우타의 패도적인 위압감과는 사뭇 다른 것이었다.

'그'가 이안을 향해 말했다.

"어서 오시게, 이안. 이리엘 님께 이미 자네의 얘기는 들었다네."

to be continued

신무명 스포츠 장편소설

고교 루키로 회귀한 메이저리그 아웃사이더!
『네 멋대로 쳐라』

매번 팀을 승리로 이끌지만
이기적인 플레이로 외톨이인 메이저리거 유정혁
혼자 간 클럽에서 변사체로 발견되는데……

다시 눈을 뜬 곳은 고교 시절 자신의 방?
그라운드의 악동이 펼치는 원맨쇼가 온다!

여전히 건방지고 여전히 독단적이지만
선구안은 기본, 어떤 공도 포기하지 않는 잡초 근성 슈퍼캐치까지!
승리의 열쇠인 그에게 중독된 구단과 동료들은
점점 커지는 영향력을 거부할 수 없다!

무수한 백구를 펜스 밖으로 날려 버릴
기적의 그라운드가 펼쳐진다!
그의 시즌을 주목하라!

# 역대급

양강 퓨전 장편소설

『전설이 되는 법』의 **양강** 신작!
## 역대급 재미가 펼쳐진다!

마법과 몬스터가 존재했던 전생을 기억하고
피와 전투를 갈구하며 평범한(?) 삶을 살던 다한
하늘이 보랏빛으로 물든 날, 전생과 같은 시험이 시작된다!

**행성 '페인글리트'로의 이주권을 위한 차원 간 경쟁!**
**'격'을 높여 인류를 구원하라!**

다한과 그의 가족은 전생의 기억 덕에
승격 시험에서 유리한 고지를 차지하지만
새로운 행성을 향한 세계의 이권 다툼 속에
표적이 되고 마는데……

## 새로운 룰이 세상을 지배한다
## '격'이 높은 자가 모든 것을 가진다!

# 지금 공략 0 하러 갑니다

### 유성 게임 판타지 장편소설

『아크』『로열페이트』『아크 더 레전드』작가 '유성'!
제대로 화끈하게 즐기는 게임 판타지로 귀환하다!

잘나가던 먹방 BJ였으나 위암으로 인해 강제 은퇴하게 된 태인
치료는 했지만 먹고살 길이 막막한 그의 선택은, 게임 BJ?
넘쳐 나는 고인물 BJ들을 뚫고 꽁꽁 숨겨진 1%를 찾아라!

멋지고 화려한 전투를 하는 이들 사이에서
구르고 깨지고 날아다니며(?) 처절한 전투를 선보이고
누구도 도전하지 않던 게임 속 먹방까지……

가상현실 게임과 스트리밍까지 몽땅 다,
『지금 공략하러 갑니다』